Peter Dannig

Unerhoffte Wendungen

Teil 2 – Du und ich

© 2013 Peter Dannig

Herstellung und Verlag:
BoD – Books on Demand, Norderstedt
ISBN 9783732282289

Peter Dannig

Unerhoffte Wendungen

Teil 2 – Du und ich

für Patricia

Du und ich

Ich muss meine Sehnsucht besser in den Griff bekommen, das wirst auch du wollen. Wir müssen beide ganz realistisch sein. Das Glück des Zusammenseins, auch wenn es nur einmal in der Woche und nur in dieser Umgebung möglich ist, muss immer im Vordergrund stehen. Alles andere wäre, besonders für dich, völlig unvernünftig. Aber du bist ständig in meinem Herzen und in meinem Kopf.

Auf der Fahrt zu dir merke ich, dass ich alles ganz automatisch tue. Eigentlich bin ich in der Traumwelt, du bist so gegenwärtig, wozu fahre ich überhaupt irgendwo hin? Ich muss tatsächlich ganz bewusst die Traumwelt verlassen und mich jetzt darauf konzentrieren und freuen, dich gleich wirklich zu treffen.

Dann kommt die Aufregung wieder wie vor einem ersten Rendezvous.

Ich beeile mich beim Umkleiden. Du bist an der Theke und strahlst mich an.

Wir begrüßen uns herzlich mit Küsschen. Ich frage, ob du frei bist. Du sagst „ja, klar". Möglicherweise bist du gerade frei geworden. Jedenfalls bin ich glücklich, dass du so offen und demonstrativ Zeit für mich hast. Wir setzen uns aufs Polster. Wir reden darüber, wie wir die vergangenen Tage verbracht haben, aber so richtig kommt ein Gespräch nicht auf, plötzlich scheint ein bisschen Fremdheit oder Verlegenheit vorhanden. Wir streicheln uns an Händen, Armen und Beinen, deine zärtlichen und doch festen Liebkosungen sind wunderbar. Ich bin sicher, du magst mich und freust dich auch über unser Zusammensein.

Du fragst nach meiner Freundin, ich erzähle, dass ich heute noch mit ihr ins Kino gehe. Ich kündige meinen Besuch an für die beiden Tage im Haus nebenan.

Ich spreche dich an auf deinen Satz bei Angabe meiner Handy-Nummer „du wirst es ja nicht missbrauchen?!!".

Du kannst dich nicht mehr erinnern und meinst, ich müsse mich nicht zurückhalten, ich dürfe dir immer eine SMS schicken, wenn ich den Bedarf habe. Ich bin sehr beruhigt.

Wir gehen aufs Zimmer. Ich schaue dir wieder mehrmals tief in die Augen und du scheinst dich zu wundern, dass mir das so gefällt. Wir umarmen uns lange und zärtlich, ich drücke dich innig und du gibst den Druck zurück. Deine Küsschen bleiben zurückhaltend weich, sind aber zärtlich und lieb.

Dann liegen wir nebeneinander und streicheln uns. Du fragst nach dem Wochenende und ich rede von meinem Sohn und habe dann plötzlich das Bedürfnis, dir alles über die Probleme seiner Freundin zu erzählen. Ich bin den Tränen nahe und mir scheint, du spürst, wie nahe mir das geht.

Du tröstest mich, liebkost mich mit Hand und Mund am ganzen Körper und bittest mich dann, mich auf den Bauch zu legen, um mich zärtlich streicheln zu können.

„legst du dich bitte auf mich"

„das ist hoffentlich nicht zu schwer"

„du bist eine Feder, es ist ganz wunderschön".

So liegen wir einige Zeit ganz ruhig aufeinander.

„das können wir doch auch anders herum machen".

Ich drehe mich um und du legst dich auf mich. So sind sich unsere Gesichter ganz nahe für Liebkosungen und Küsschen.

„verrätst du mir dein Gewicht?

„ja, klar, 53 kg"

„und wie sind deine Körpermaße"

„ich habe keine Ahnung, ideal sind ja wohl 90/60/90"

„nein, es gibt den Schönheitsindex Taille/Hüfte=0.7, also 63/90, darf ich dich mal vermessen?"

„gern, das würde mich auch interessieren, mich hat noch nie jemand vermessen"

„auch deine Freundin nicht?"

„nein"

„dann bringe ich ein Maßband mit".

Du scheinst dich darüber und über mein Interesse wirklich zu freuen. Ich spreche davon, dass meine Tochter eine ähnliche Figur hat und für mein Empfinden auch sehr hübsch ist. Du fragst nach ihrer Größe. Dann sage ich zu, nächstes Mal Bilder mitzubringen. Das freut dich offenbar sehr.

Ich spreche dich auf deine Unternehmungen wie die Konzerte an und ob du das noch mit deiner Freundin machst. Du bestätigst das, meinst aber, dass das immer seltener und schwieriger wird, weil ihr Freund eifersüchtig auf dich ist und du auf ihn.

Dann legst du dich neben mir auf den Bauch und erzählst von deiner Freundin und dir. Du bist noch nie so fasziniert von einem Menschen gewesen wie von ihr, dann sei dir klar geworden, dass du dich in sie verliebt hast. Du hast dich dagegen gewehrt, warst bis dahin der Meinung, dass du dich nicht für Frauen interessierst. Aber bei ihr sei das anders gewesen. Du bist dann immer die Gebende gewesen, hast sie verwöhnt, ihr habt alles zusammen gemacht, sie hat dich hierher gebracht und plötzlich hat sie dich hier allein gelassen.
Allein hierher zu kommen sei dir sehr schwer gefallen.
Du bist enttäuscht, dass sie dir so wenig zurückgibt an Zärtlichkeit, aber in Gegenwart ihres Freundes würde sie dich fast provokativ heftig küssen.
Sie sei in ihrer Art deiner Mutter sehr ähnlich. Vielleicht ist der Grund für ihre Anziehung auf dich, dass deine Mutter so unerreichbar für dich ist. Aber du liebst deine Freundin, das spürst du nach wie vor. Es sei alles so schwer.
Du hast sehr viel verloren und du bist offenbar noch nicht damit fertig. Manchmal möchtest du alles hinwerfen.
Ich nehme dich fest und zärtlich in die Arme, drücke und liebkose

dich.

„Wahrscheinlich hast du es schon bemerkt, ich habe mich in dich verliebt".

Du wirkst überrascht.

„verliebt? ich dachte du hast mich einfach auch sehr gern"

Für mich bleibt offen, ob du mit „auch" deine Gefühle für mich meinst oder die Gefühle deiner Freundin für dich oder die meiner Freundin für mich.

In diesem Moment wird mir allerdings klar, dass du, bis jetzt wenigstens, keine Liebe für mich empfindest, die gehört noch deiner Freundin. Natürlich habe ich Angst, du könntest dich von mir abwenden.

„ich möchte deine Probleme nicht vergrößern, ich werde dich niemals bedrängen, aber ich liebe dich und kann nichts dagegen tun. Es ist ganz unvernünftig, aber es ist so"

Dann verwöhnst du mich bis an den Rand des Wahnsinns mit deinen zarten Fingern bis ich unterbreche und bitte, dich verwöhnen zu dürfen. Du nimmst es an und genießt es ganz ruhig. Wie du mir später bestätigst, ist es genau richtig wie ich es dir mache. Darüber bin ich sehr glücklich.

Dann liegen wir wieder nebeneinander und streicheln und unterhalten uns. Ich spreche dich noch mal darauf an, dass ich deine Probleme nicht durch meine Liebe vergrößern möchte und dass es von mir sehr egoistisch ist.

„aber wieso?"

„weil ich ein geordnetes Leben habe, versorgt bin, zu feige bin, mich von meiner Frau zu trennen und die Liebe zu dir einfach genießen kann und nichts für dich tun kann oder zu wenig für dich tue"

„aber du tust doch sehr viel für mich"

Ich frage dich nach deinem Familiennamen und du nennst ihn mir ohne Zögern.

„das ist der Name meines Mannes, wegen der Kinder habe ich ihn behalten"

Auf meine Frage nennst du mir auch deinen Geburtsnamen. Wir reden darüber, dass mein Name in dieser Gegend selten ist, du bist gar nicht verwundert. Hast du ihn dir vom kurzen Blick auf die Visitenkarte gemerkt oder interessiert er dich gar nicht?

Du freust dich sehr auf einen Gospelabend. Ich frage dich, ob es wegen der Musik ist oder ob du ein gläubiger Mensch bist.

„die Musik geht mir so unter die Haut, ich mag die sehr gern"

Irgendwann erwähne ich dann kurz meine Finanzen.

„du hast recht mit ‚es läppert sich', aber ich stoße noch
nicht so schnell an meine Grenzen, jedenfalls dieses Jahr
noch nicht, aber irgendwann wahrscheinlich schon".

Ich nehme dich immer wieder in die Arme und habe feuchte Augen.

„ich hätte nicht geglaubt, dass ich mich noch einmal
so verlieben könnte, ein dritter Frühling. Ich schaue zwar immer wieder auch nach Frauen in meinem Alter und die Chancen eines

Mannes steigen ja eigentlich mit zunehmendem Alter. Ich werde in den Rentnerrunden wie Operette und Tanztees schon mit Blicken gesegnet. Es gibt auch durchaus Frauen, die mir gefallen. Im Hinblick darauf, dass ich meine Frau wahrscheinlich überlebe, habe ich eine neue Beziehung immer nur als eine Zweckverbindung für Tanzen und nur vielleicht mehr angesehen. Aber verlieben wie ein Teenager, daran habe ich nicht gedacht. So ist es eben, es kommt und man kann nichts dagegen tun. Ich möchte dich nie wieder verlieren, dir auf jeden Fall immer ein guter Freund sein dürfen. Du darfst dich jederzeit bei mir melden, falls du mit jemandem reden möchtest"

Ich habe das Gefühl, du nimmst es an.
Ich spreche von der nervigen Spontaneität meiner Freundin im Vereinbaren oder Absagen von Verabredungen. Das führt für mich zu einer Verschwendung von Ausreden daheim und ist oft nicht so spontan für mich durchsetzbar.
Da ist es doch derzeit einfach mit dir, das sind ganz verlässliche Termine, die ich gut vorbereiten kann.
Dann erzähle ich dir von meiner „Jugendliebe", einer Jugendbrieffreundin.
„Hast du schon mal versucht, sie zu finden? Das musst du unbedingt machen".
Dein Wort ist mir Befehl, ich werde es probieren. Ich habe mich nie getraut, jetzt hast du mir Mut gemacht.

Wir gehen zusammen zum Essen, du hakst dich wie ganz selbstverständlich ein, ein demonstratives Zeichen, dass wir zusammen gehören und du das auch gern zeigen möchtest.
Ich necke dich ein wenig wegen der vielen anwesenden Mädchen und meiner deshalb großen Chancen der Auswahl.
„Ich habe in den letzten Jahren immer damit gerechnet, irgendwann meine Tochter in einem solchen Club zu treffen. Du könntest ja auch meine Tochter sein".
Dann erzähle ich aus ihrem Leben.
„es ist ja unglaublich, was du schon alles erlebt hast".
Ich lege dir zärtlich meine Hand auf den Oberschenkel und du lässt es dir offenbar gern gefallen. Ich trinke dann noch etwas an der Theke und du zündest dir eine Zigarette an.
„heute habe ich aber wenig geraucht"
„wie viel hättest du in der gleichen Zeit bei vier halbstündigen Terminen geraucht?"
„viel mehr"
„da kannst du mal sehen wie viel gesünder das Zusammensein mit mir ist".
Wir lachen. Ich mag mich gar nicht trennen, am liebsten würde ich wieder mit dir hoch gehen.
Du begleitest mich noch zur Treppe.

Im Auto horche ich in mich. Die Klarheit, dass du mich nicht liebst macht traurig, aber die Sicherheit, dass du mich auf jeden

Fall magst, macht auch ruhiger. Andererseits ist immer die Angst gegenwärtig, du könntest dich eines Tages von mir abwenden. Ich sehe es aber positiv, dass mein Konkurrent um deine Liebe deine Freundin ist und ein noch auftauchender Traumprinz deshalb wahrscheinlich auch nicht den schnellen Erfolg bei dir hat.

Ich hole meine Freundin ab, wir fahren ins Kino. Wir naschen wie immer Popcorn aus einem Becher, ganz vertraut miteinander. Beim Film muss ich mich beherrschen, nicht zu ihr hinüber zu greifen und ihre Hand und ihren Arm zu fassen und zu streicheln. Gefühlsmäßig sitzt du neben mir und ich sehne mich danach, dich zu berühren.
Außerhalb des Kinos konzentriert sich meine Freundin wie immer ganz ausschließlich auf sachliche Themen.

Diese Nacht schlafe ich nur kurz, aber gut. Ich bin sehr glücklich.
deine Ankündigung für das Haus nebenan steht im Internet.

Die riesige Vorfreude auf ein Treffen mit dir an zwei aufeinanderfolgenden Tagen, verbunden mit diesem schönen Gefühl einer überschaubaren Wartezeit von nur drei Tagen und dann wieder nur drei Tagen, bewirken, dass ich viel ruhiger als letzte Woche und in einem Hochgefühl bin.
Diesmal ist nicht wegen unbändiger Unruhe und Ängsten alles andere unwichtig, sondern wegen des alles verdrängenden

Glücksgefühls.

Ich werde dir sagen, dich fragen „was ist los mit mir?".

Bis September war ich zweimal in der Woche in Clubs, häufig jeweils zwei bis drei Mal mit einer Frau auf dem Zimmer, meistens hatte ich Orgasmen. Zusätzlich gab es Selbstbefriedigung. Diesen Monat war ich nur zweimal bei Tantra, hatte nur zweimal eine Selbstbefriedigung, keine Lust auf Stimulation durch Texte oder Filme. Stattdessen möchte ich nur möglichst viel mit dir zusammen sein. Der Trieb ist weg, ich bin in deinen Armen einfach nur glücklich.

Deine Zärtlichkeit, deine Nähe sind genug.

Endlich habe ich die Streicheleinheiten, die Zärtlichkeit, die Liebkosungen, die Vertrautheit gefunden, die ich offenbar jahrelang vermisst und vergeblich gesucht habe. In dieser Intensität habe ich das noch nie in meinem Leben erlebt. So glücklich wie in deinen Armen war ich noch nie zuvor. Ob dir das klar ist? Du hast mir so einfühlsam genau das gegeben, was ich gesucht habe. Nur ein richtiger Kuss fehlt mir noch.

Abends lese ich einen Zeitungsartikel über Zuhälter und Prostitution und plötzlich keimt die Frage in mir auf, wie denn die Organisationsstruktur deiner Umgebung ist. Gibt es im Hintergrund Zuhälter oder andere Abhängigkeiten? Ob ich mich traue, dich das irgendwann zu fragen? Gibt es in Bezug darauf Unterschiede zwischen den Ausländerinnen und den Deutschen wie dir?

Du machst immer den Eindruck, ganz unabhängig zu sein.

Plötzlich sehe ich deine Beziehung zu deiner Freundin in einem ganz anderen Licht. Machen nicht Zuhälter Mädchen in sich verliebt bis diese aus dieser Liebe heraus ihren Wünschen zur Prostitution folgen? Ist im weitesten Sinne deine Freundin dein Zuhälter? Hat sie dich verliebt gemacht und dann doch auf Abstand gehalten, um dich hierherzubringen, warst du gar ihre Ablöse? Brauchst du dann für deinen Ausstieg auch irgendwann eine Ablöse?

Wo und wie habt Ihr Euch kennengelernt, hat sie dich gezielt gesucht und gefunden? Welche Zeiträume waren zwischen den einzelnen Phasen bis du hier allein warst?

Welch ein furchtbarer Verdacht! Und wenn ich ihn dir gegenüber äußere, dann wirst du dich von mir abwenden, nicht von deiner Freundin, sondern sie in Schutz nehmen.

Du bist unglücklich verliebt in deine Freundin und ich unglücklich verliebt in dich. Du bist, was deine Liebe betrifft, für mich unerreichbar. Aber ich habe einen Vorteil, ich kann dich hier mehrmals in der Woche treffen, mit dir zusammen sein, reden und Zärtlichkeiten austauschen. Es tut mir so leid für dich.

Ich träume, wie ich vor dir stehe, dir tief in die Augen blicke und mir nichts sehnlicher wünsche als einen richtigen Kuss mit dir zu tauschen.

Ich träume, dass du mich ganz lieb anschaust und fragst „was denkst du?"
Ich antworte „ich traue mich nicht, es zu sagen",
du sagst „trau dich",
ich antworte „ich möchte dir so gern einen richtig Kuss geben",
und dann höre ich dich in diesem wunderschönen Traum sagen „dann tue es doch".
Könnte dieser Traum so wahr werden? Ich könnte heulen. Aber jetzt muss ich ganz schnell meine feuchten Augen wieder los werden, schließlich sitze ich am Arbeitsplatz.

Vormittags halte ich es nicht mehr aus und schicke dir eine SMS: „Liebe Pat, ich war in Gedanken bei dir. Ich wünsche dir noch einen schönen Tag. Dann bis morgen. LG Fred".
Deine Antwort: „Hallo Fred wünsche dir einen schönen Tag. Bis morgen lg Pat".
Seit ich mich vor acht Wochen in dich verliebt habe, habe ich ständig dieses matschige Gehirn, diese Beklemmung im Herzen, die Unruhe im ganzen Körper, die mangelnde Konzentration in allem außer den Tagträumen von dir. Ich habe keinen Antrieb mehr, mich außer mit dir sexuell zu betätigen.

Endlich ist der erwartete Tag da, auch drei Tage können so lang sein. Nun hoffe ich nur, dass du bei dem angekündigten Wintereinbruch auch gut her kommst.

Mittags schicke ich dir eine SMS:
„Hallo Pat, ich hoffe du bist trotz des Wetters gut angekommen. Ich komme dann um 14:30 und bleibe bis 16:, wenn's recht ist. LG Fred".
Deine Antwort kommt umgehend, der Signalton geht mir voller Aufregung ans Herz:
„Hallo Fred bin in einem Stück angekommen. Halte mich gern für dich frei. Freue mich bis später. Drücke dich".
Ich bin sehr glücklich über diese Formulierung, ich kann kaum abwarten los zu fahren.

Pünktlich bin ich dort. Du strahlst genau wie ich und umarmst mich herzlich. Nach Abrechnung und duschen umarmen und streicheln wir uns..
„Hast du das Maßband mitgebracht, ich bin so neugierig?"
„ja, ich auch"
Ich messe deine Proportionen. Du hast tolle Maße, es gibt nichts daran auszusetzen. Ein bisschen scheinst du dich über das Ergebnis zu freuen.
„du magst doch aber große Busen lieber"
„aber deiner ist nicht winzig, eine schöne Handvoll, und eben wunderschön".
Dann liegen wir nebeneinander auf dem Bauch und reden. Du fragst nach dem Kinobesuch mit meiner Freundin und ich erzähle dir wie

eigenartig es war, wie groß der Drang war, sie während des Films zu berühren, zu streicheln, weil du mir gegenwärtig warst.
Ich frage nach dem weiteren Verlauf des letzten Trefftages für dich.
„ich hatte mit dir nur drei Gäste, aber es ist drüben immer noch besser als hier".

Dann sprichst du die Konkurrenz an, die demnächst in der Nähe eröffnen soll, riesig mit allem drum und dran, und dass du Angst hast, dass dein FKK-Club mittelfristig zumachen könnte. Das ist für mich natürlich auch ein Schock, denn du willst auf keinen Fall irgendwo anders als hier arbeiten, also dann bestenfalls nur noch im Haus nebenan.

Ich spreche noch mal Tantra als Alternative an, aber du willst das auf keinen Fall. Hier bist du über deine Freundin hergekommen, daran hast du dich jetzt gewöhnt, aber was anderes machst du niemals.

Dann spreche ich dich auf die Organisation an, ob alle Frauen selbstständig sind und entscheiden können, wann und wo sie arbeiten.

„ja".

Du sprichst noch mal von deinen Anfängen, wie dich deine Freundin und ihre Tante überredet haben. Du bist einfach mit dem Einkommen aus dem Fitnessstudio nicht ausgekommen. Ich frage ein bisschen nach den Einnahmen hier und den Steuern und sonstigen Abgaben.

Du bist nicht rentenversichert, das finde ich gar nicht gut.

„ich schaue nur auf jetzt, da reicht die Krankenkasse"

„Dann musst du dir einen reichen Freund im Alter suchen"

„bei manchem Kunden, der wohlhabend scheint, habe ich schon daran gedacht, aber Geld allein reicht nicht, da muss schon mehr da sein an Sympathie".

Der erste Teil der Aussage erschrickt mich natürlich, aber den Hinweis auf die Sympathie höre ich natürlich gern, weil ich glaube, da einen guten Platz zu haben.

„Hast du Fotos dabei?"

Ich erzähle dir zunächst von der Besserung bei der Freundin meines Sohns, dass sie ihn zweimal besucht hat, das erste Mal genau an dem Tag letzte Woche als ich dir von ihr erzählt habe. Das wird mir auf immer als Verbindung zu dir im Gedächtnis bleiben.

Ich spreche auch wieder über die rein freundschaftliche Beziehung zu meiner Freundin und dass ich mir seit einigen Jahren die anfangs erträumte körperliche Beziehung mit ihr nicht mehr richtig vorstellen kann, und seit einem Monat schon gar nicht mehr!

„irgendwann lässt das Prickeln nach..."

„ja, und bei mir prickelt es jetzt bei jemand anderem".

Du lächelst und verwöhnst mich, mit Gummi auch oral, dann mit den Händen. Heute komme ich, allerdings mit meiner Nachhilfe, mit großem Druck, wie du belustigt feststellst.

„so, und nun bist du ganz entspannt".

Wir liegen ruhig beieinander und du fragst nach einigen Minuten noch mal nach den Fotos. Ich hole sie, zeige dir meine Nachkommen und erzähle einiges dazu. Du fragst mich nach den Beziehungen zu meinen Kindern. Du hast den Eindruck, dass meine Beziehung zu meinem Sohn besonders intensiv ist. Ich erzähle dir von der Verschlossenheit meiner Tochter. Eigentlich sei sie ein Papa-Hansel gewesen. Dann rede ich von der Ähnlichkeit in den Ansichten mit meinem Sohn.

Zu den Bildern habe ich meine Lesebrille geholt und du sagst mir, dass du eigentlich immer eine Brille tragen solltest, auch beim Autofahren, es aber nicht tust.

„Ich sehe dich eigentlich ohne Brille unscharf, besonders in der Nähe und das ist sehr schade"

Irgendwie kommt auch die Sprache darauf, dass ich mich schon hin und wieder mit meiner Frau streite.

„Ich kann mir aber nicht vorstellen, dass du laut wirst"

„doch, kann ich, erst gestern wieder als meine Frau kurz vorm Rauschschlaf zickig wurde"

„das kann ich mir wirklich nicht vorstellen, du bist so ein Ruhepol, so freundlich"

„ja, viele finden das und meine Freundin sagt auch immer, ich sei zu nett zu meiner Frau. Aber wir leben zusammen, ich möchte sie nicht mehr verletzen als notwendig. Aber ich kann schon laut werden. Du wirkst doch auch so ruhig und gelassen, hast mir aber erzählt, dass du auch leicht aus der Haut fahren kannst, wenn dich etwas ärgert"

„ja, das stimmt, z.B. auf Ämtern oder im Auto"

Dann spreche ich von meiner Veränderung. Der Trieb ist weg, keine anderen Clubs mehr, kaum Selbstbefriedigung, nur noch die Sehnsucht nach Austausch von Zärtlichkeiten mit dir.

„ist es nicht eigenartig, mit einer Frau aufs Zimmer zu gehen, die vorher gerade mit einem anderen auf dem Zimmer war?"

„früher hat das keine Rolle für mich gespielt, es ging um Triebbefriedigung, egal wie, das waren nur ganz flache Gedanken, aber bei dir ist das anders, ich bin schon eifersüchtig, wenn du mit einem anderen aufs Zimmer gehst, wenn ich da bin. Wie ist das für dich, wenn ein Gast nach dir mit einer anderen geht?"

„Ich denke schon ein wenig darüber nach, was an der anderen besser ist. Aber so ist das eben in diesem Job. Allerdings fühle ich mich gar nicht wohl, wenn du da bist und ich mit einem anderen gehe"

Diese Bemerkung macht mich sehr glücklich, du empfindest also schon etwas für mich.

„das habe ich gespürt, weil du durchgehend mit mir auf dem Zimmer bleiben wolltest"

Wieder lächelst du.

„Ich möchte nicht mehr mit einer anderen aufs Zimmer gehen"

"aber wenn ich nicht da bin, darfst du es gern machen, so ist das nun mal"

„Ich möchte das eigentlich nicht mehr und es würde mir anderseits schon gefallen, wenn du ein wenig eifersüchtig wärest, auch auf die Polin, diesen einen Zwischenfall"

Wieder lächelst du.

„ich habe seit Jahren so sehr Streicheleinheiten vermisst, mich danach gesehnt, einen geliebten Menschen zu umarmen, umarmt zu werden. Ich habe es noch nie zuvor erlebt, dass sowohl körperliche

Beziehung als auch vertrauensvolles Reden miteinander so im Einklang waren"

„Ich finde es auch ganz wunderbar zwischen uns"

„Ich würde dir sehr gern einen richtigen Kuss geben"

„das mache ich auf keinen Fall"

„das habe ich mir gedacht, und hatte mich eigentlich nicht getraut, es auszusprechen, nun habe ich es doch gesagt"

„du darfst dich immer trauen, alles zu sagen"

Deine Antwort ist wie erwartet, leider nicht wie im Traum.

Aber ich finde es wunderbar, wie du mir Mut machst, vertrauensvoll wirklich jedes Thema anzusprechen.

Dann sind die anderthalb Stunden viel zu schnell wieder rum.

„nun habe ich dich gar nicht verwöhnt"

„das ist dann morgen dran"

„Ich komme morgen um 13 Uhr"

„und wie erklärst du das?"

„Gewerkschaftstermin hier im Ort"

„an einem Samstag?"

„ja, die gibt's, ich gehe sonst nur nie hin"

Wir sind uns einig, dass es schlimm ist, immer verlogen sein zu müssen und alles heimlich zu machen.

„mir erscheint es eben als das kleinere Übel, ich möchte meine Frau nicht unnötig verletzen"

Ich gebe dir die Schokolade. Noch eine Umarmung, dann bist du mit

Handküsschen aus der Tür. Ich habe doch tatsächlich vergessen, dir ein Extra zu geben. Das werde ich Morgen nachholen.
Ich muss heimfahren, weil ich heute keine anderen Termine vorschieben kann.
Daheim ist es wie immer schwer erträglich.

Es ist so ein wunderschönes Gefühl heute Abend, dass ich dich morgen schon wieder treffe und ich werde mir immer sicherer, dass ich zwei Stunden bleiben werde.
Mein Herz rast in wohliger Aufregung, ich spüre jeden Schlag und spüre dich in meinen Armen.

Gleich beim Aufwachen träume ich mich in deine Arme und mir fließen die Tränen.
Draußen liegt Schnee, ich mache mir sofort Sorgen um deine Rückfahrt nächste Nacht. Besonders auch, weil du mir erzählt hast, dass du nachtblind bist.
Ich schicke dir vormittags eine SMS:
"Hallo Pat, ich komme wie geplant um 13:00 und möchte heute
2 Stunden bleiben, wenn du kannst und magst. LG Fred".
Deine Antwort kommt sofort, der Signalton geht mir wieder so zu Herzen:
„Guten morgen Fred ist mir sehr recht. Warte auf dich. Fahre vorsichtig. Lg Pat".

Um 12:30 eile ich zu dir. Im ersten Moment glaube ich ein wenig Distanz bei dir zu spüren, als wäre ich ein Kunde wie jeder andere, aber dann umarmst du mich doch ganz herzlich und drückst mich.
„in deinen Armen geht es mir jetzt gut. Ich bin zum ersten Mal in meinem Leben am Wochenende mit einer Ausrede aus dem Haus gegangen, um mich mit einer anderen Frau zu treffen"
Wir legen uns nebeneinander, streicheln uns und reden.
„erinnerst du dich an deine Maße? Ich bin mir nicht mehr ganz sicher"
„ja, 88, 71, 90"
„es ist übrigens mein Maßband, weil meine Freundin mich zu einem Nähkurs überredet hat, den ich nach langer Pause demnächst wieder aufnehmen will."
„so was ist gar nichts für mich, da bin ich viel zu ungeduldig"
Du fragst mich nach gestern Abend und wir sind beim Thema Alkoholismus meiner Frau. Du hast sehr genaue Vorstellungen, weil du es von deiner Mutter kennst.
„Darf ich zum Massieren Creme nehmen oder wegen des Dufts lieber nicht?"
„heute besser nicht, aber werktags schon mal, dann habe ich eine Erklärung"
und ich erzähle vom Physio-Therapeuten, den ich hin und wieder in Anspruch nehme.
Du hast den Schmuck von deinen Händen genommen und schaust auf meinen Ehering.

„trägst du den immer, ich habe ihn sonst nie gesehen?"

„ja, immer"

„Mein Schmuck, die Ringe, die Uhr, alles von meinem verstorbenen Bekannten"

Nachdem du meinen Rücken verwöhnt hast, drehe ich mich um. Du streichelst mich von vorn.

„mal angenommen, ich wäre nicht so alt, du nicht in deine Freundin verliebt, und du könntest mehr als Sympathie für mich empfinden, würdest du dich überhaupt für einen Partner entscheiden, den du hier kennengelernt hast?"

„nein, ich unterscheide das ganz strikt. Job und privat will ich auf keinen Fall mischen... aber man soll nie ‚nie' sagen"

„das würde dir jeder raten, den du fragst, das ist irgendwie leider klar. Alle Männer, die hier her kommen, betrügen ihre Frau, und dann ist doch die Wahrscheinlichkeit groß, dass sie es wieder tun, wenn du ihre Partnerin bist"

„das ist eigentlich egal, auch draußen wird betrogen, da gibt es nie Sicherheit"

„wann ist deine Freundin aus diesem Job ausgestiegen und hat dich allein gelassen?"

„Es war kurz bevor wir beide das erste Mal zusammen waren"

„du hast mir ohne Zögern deinen vollen Namen genannt und warst gar nicht verwundert, dass ich einen seltenen Namen habe. Du kennst doch meinen Namen gar nicht"

„ich habe doch kurz auf deine Karte gesehen, es war ein kurzer

Name, mit D?"

„nein, ein längerer, ein häufiger Name in Norddeutschland"

„will deine Tochter heiraten? wie heißen deine Enkelinnen mit Familiennamen?"

„alle wie ich, und das bleibt möglicherweise so. Mein Sohn wollte immer eine Doppelhochzeit, vielleicht klappt es nächstes Jahr"

Ich spreche dich auf den Gospelabend an und biete dir an, die Strecke mit dir im Vorfeld zu fahren, damit du es dann ohne Navi findest.

„Ich bin sehr selbstbewusst und möchte alles allein hinbekommen, das Ziel ist ja nicht weit von mir daheim, das finde ich, auch wenn ich an jeder Ecke fragen müsste und vielleicht kaufe ich mir vorher noch ein Navi"

„ich würde jederzeit kommen und dort mit dir hinfahren"

„ich weiß, dass du das machen würdest"

Schade, wieder eine Chance weniger, dich draußen zu treffen zusätzlich zu diesen Terminen hier.

Auf jeden Fall beweist mir das einmal mehr, dass du wirklich eine sehr selbstbewusste und starke Frau und Persönlichkeit bist. Neben Hochachtung empfinde ich jetzt auch noch Bewunderung für dich. Nachdem ich jetzt fast 40 Jahre mit einer schwachen Frau ohne Persönlichkeit verheiratet bin, liebe ich dich dafür umso mehr. Ich sehne mich schon lange nach einer selbstbewussten Partnerin. Und es ist klar, wenn ich deine Liebe doch überhaupt einmal gewinnen sollte, dann nur, wenn ich dein Selbstbewusstsein, deine

Selbstständigkeit und Unabhängigkeit auch will und akzeptiere. Aber ich wüsste auch nicht, warum ich das nicht tun sollte. Ich werde immer für dich da sein, aber niemals meine Hilfe aufdrängen oder gar andeuten, dass ich sie als notwendig ansehe.
„kennst du Hamburg?"
„nein, aber es soll sehr schön sein, ich schaue es mir bestimmt mal an"
„es ist sehr schön, ich würde es dir gern mal zeigen"
„so was kann ich erst in Angriff nehmen, wenn die Kinder etwas größer sind"
„oder die Kinder mitnehmen, was natürlich mit mir schwierig wäre"
Dann machst du noch mal klar, dass du den Job hier und Privates strikt trennst und weiter trennen möchtest. Damit ist für mich eigentlich klar, dass ich dich nicht so schnell außen treffen werde. Aber du hast auch gesagt, man soll nie „nie" sagen, an diesen Rest Hoffnung werde ich mich weiter klammern.

Du fragst nach meinem Vater und den Kontakten mit ihm. Ich erzähle dazu einiges und frage dann zurück:
„hast du eigentlich gar keinen Kontakt mehr mit deinen Eltern?"
„nein, nur mal die kurzen Treffen wegen der Erkrankung meiner Mutter"
„ ich wäre gern ein bisschen wenigstens dein väterlicher Freund, um den Mangel zu ersetzen"
Du sagst nichts dazu.

Wir sprechen dann wieder vom Alkoholismus meiner Frau, von den Kindern, von meinen Ausreden, um nicht daheim sein zu müssen.

Dann rede ich wieder von meiner Freundin und dass ich gerade zu spüren glaube, dass sie den Kontakt mit gemeinsamen Unternehmungen wieder intensivieren möchte. Ich rede davon, dass meine Freundin mit mir immer nur sachliche Gespräche führt oder sich beruflich beraten lässt, sie nimmt mich nie für Privates in Anspruch. Nur ich schütte ihr oft mein Herz aus, hauptsächlich wegen meiner Frau. Ich erzähle wieder vom Beginn dieser Freundschaft, den vielen Mails, und dann das Sammeln von Zeitungsausschnitten für meine Freundin, dann die gemeinsamen Hobbys und Unternehmungen. Eigentlich gingen die Initiativen immer von ihr aus.

Dann verwöhne ich dich, auch mit der Zunge, und du bist offen und ehrlich wie immer im Entgegennehmen und im Äußern von Wünschen.

„es ist einfach wunderbar, dich so zu verwöhnen, meine Frau mochte das eher nie"

„hat sie dich auch nicht oral verwöhnt?"

„kaum, nur sehr ungern"

Wir liegen wieder neben- und aufeinander, du auf mir oder ich auf dir, das sind die schönsten Momente absoluter Nähe und absoluten Vertrauens.

„ich weiß nun doch genauer, wann es bei mir ‚schnack' gemacht hat, denn einige Tage später habe ich begonnen, mir meine Gefühle von der Seele zu schreiben"

„du machst dir Notizen?"

Du scheinst sowohl angetan als auch erschrocken. Ich versuche dich zu beruhigen, weil ich sichergestellt habe, dass niemand außer dir diese Notizen zu sehen bekommt. Ich erzähle dir vom Tagebuch, das ich über die Freundschaft mit meiner Freundin schreibe und von dem Metall-Koffer mit Codeschloss, den sie nach meinem Tod bei mir abholen soll. Und in diesem Koffer sind auch die Notizen über uns. Ich vertraue meiner Freundin. Sie wird es nicht anschauen, aber dir entsprechend den Angaben zukommen lassen.

Du wirkst gar nicht ablehnend, sondern neugierig aber auch ein wenig besorgt.

„wenn sie es hierher schickt, dann weiß sie ja, was ich mache, das wäre mir aber schon peinlich"

Für diese Aussage möchte ich dich auf ewig in die Arme nehmen.

„ich bin mir sicher, dass sie damit umgehen kann"

Irgendwann meine ich, ich sei oft ein kleiner Philosoph, schreibe mir Formulierungen auf und nenne dann lachend als Beispiel:

„Wenn ich eine schöne Frau anschaue und ich entdecke eine Zigarette bei ihr, dann ist das mein letzter Blick, denn ich sehe dann nur noch ein Gerippe mit schwarzen Lungenfetzen und Resten Krebs zerfressener Organe. Das ist ein so hässlicher Anblick, dass er durch keine Schönheit überdeckt werden kann.

Du hast diese Weisheit oder meinen Grundsatz widerlegt, und du bist so schön, eine so wunderbare Frau, ein so wertvoller Mensch für mich, dass das Rauchen absolut unwichtig ist"

Wobei ich natürlich immer noch ein wenig hoffe, dass du das Rauchen wieder aufgibst, spätestens wenn du hier aufhörst zu arbeiten.

Dann rede ich wieder von meinen Bücherplänen. Du weist noch alles darüber.

Ich erläutere einige beispielhafte Themen und du hörst aufmerksam zu.

„was du dir alles aufbürdest, du solltest aber mal was zu ende bringen"

„du meinst ich soll mich nicht verzetteln?"

Ich rede darüber, dass ich oft überrascht bin, für welche Männer sich Frauen entscheiden. Als Mann kann man das überhaupt nicht nachvollziehen. Dagegen spüren Frauen sehr wohl, welche Frauen ihren Partnern gefallen.

Ich erzähle dir von meinen Gedanken über die Partner meiner Freundin und meiner Kollegin und warum sie mir nicht gefallen und wie überrascht ich war, als meine Freundin im Schwimmbad den neuen Partner meiner Kollegin lecker fand „der gefällt mir auch", als ich sie darauf aufmerksam machte, wer er ist. Mir hat er jedenfalls nicht viel besser gefallen als der ehemalige Partner.

„körperliche Wohlgestalt ist für mich nicht wichtig, die Person als ganzes muss stimmig sein und mir gefallen"

Ich streichle dir noch einmal ausgiebig den Rücken.

„hast du vor, in deinem Haus auch ohne Kinder wohnen zu bleiben?"
„ja, wegen der Hobbys und außerdem ist das Haus darauf angelegt, auch im Alter dort wohnen zu können"
Dann sitzen wir uns mit übereinanderliegenden Beinen gegenüber und streicheln uns gegenseitig.
„diese Stellung gibt es auch im Tantra, die Vereinigung. Das Glied wird eingeführt und dann bewegt man sich nicht. Die Frau kann innerlich trotzdem mit den Muskeln liebkosen"
Du lächelst. Du scheinst es zu kennen oder zu wissen.
„findest du meine Haut auch schön und angenehm? Mich haben nämlich schon mehrere Tantra-Frauen lobend darauf angesprochen"
„ja, sehr angenehm, das kommt sicher vom ausreichenden Eincremen"
„nein, nur vom Wasser, ich creme mich nicht ein"
Dann erzähle ich dir vom kalten Duschen jeden Morgen. Es schüttelt dich, das könntest du nicht. Ich antworte, dass ich das in deinem Alter auch noch gedacht hätte, aber dann hat mein Hausarzt das gegen meine Dauererkältung und gegen die morgendlichen Startschwierigkeiten wegen niedrigem Blutdruck empfohlen und es hat geholfen. Du hörst ohne weitere Kommentare zu.
Dann meinst du mit Blick auf mein schlappes Glied
„nun bist du heute gar nicht mehr zum Abschluss gekommen"
„mein kleiner Freund hat sich die letzten Jahre und Monate genug ausgetobt, der darf mal ein wenig ruhiger sein, er ist nicht dran, jetzt bin ich dran, ich habe mich selbst bisher ihm zuliebe viel zu sehr

vernachlässigt"

Du streichelst und massierst mir noch mal den Rücken und ich werde sehr ruhig, ein wenig schläfrig.

„schläfst du ein, du wirkst sehr müde?"

Dann ist unsere Zeit abgelaufen. Du meinst zu meinem Extra, das sei doch viel zu viel.

„nein, das ist doch für zwei Tage"

„na dann"

Ich bitte dich, dich zu melden, wenn du nach der nächtlichen Heimfahrt gut angekommen bist, denn das Wetter soll weiter scheußlich sein.

Ich kündige meinen Besuch für deinen Wochentag nächste Woche 15 Uhr an.

Dann heißt es endgültig Abschied nehmen für heute.

Ich schlafe heute wegen der Enkelkinder allein im kleinen Zimmer und lege beide Handys eingeschaltet neben mich. Als ich mich um Mitternacht schlafen lege, denke ich daran, ob du vielleicht gerade auf der Autobahn vorbei fährst, weil du um 24 Uhr Schluss machen wolltest. Der Sturm braust und der Regen peitscht gegen die Rollläden. Ich bin besorgt, aber ich schlafe selig ein. Und dann tatsächlich, wie erhofft, wache ich vom Ping deines Handys auf. Welch ein wunderbares Geräusch. Deine versprochene SMS ist da: „Hallo Fred bin heil angekommen. Wünsche dir einen schönen Tag. Ganz, ganz liebe Grüße Pat Ps. Danke für alles". Abgeschickt wurde sie eine Stunde früher. Da du also sicher inzwischen schläfst und ich nicht weiß, ob du eventuell vom Handy gestört wirst, antworte ich nicht sofort, obwohl ich es zu gern machen würde.

Du hast nicht nur dein Versprechen gehalten, dich zu melden, du hast es sofort nach der Ankunft getan, und nicht nur lapidar, sondern du hast dir zu so später Stunde die Zeit genommen, mir eine ganz liebe SMS zu schicken. Du magst mich offenbar doch ein bisschen. Es ist ein wunderbares Gefühl, ich bin sehr glücklich, träume ein wenig von uns, auch das nächste Treffen voraus, und schlafe beruhigt wieder ein.

Als ich früh aufwache nutze ich das Alleinsein im Zimmer und überlege mir eine Antwort-SMS und mache mir noch ein paar Notizen zu gestern.

Beim Gedanken an den Abschied wieder für sieben Tage beim nächsten Treffen kommen mir die Tränen und sie fließen unter heftigem Schluchzen in Rinnsalen ins Bett. Es dauert ein wenig bis ich mich wieder im Griff habe und aufstehe.

Ich habe zunehmend das Gefühl, dass meine Frau etwas merkt, meine gedankliche Abwesenheit, meine Traurigkeit bleiben wohl doch nicht ganz verborgen.

Dann denke ich darüber nach, ob du wirklich drei Stunden mit mir zusammen bleibst und überlege die Alternativen. Ob ich dir beim Essen noch Gesellschaft leisten darf?

Ich möchte dir die Entscheidung überlassen, ob du die Essenszeit für einen neuen Kontakt nutzen willst, insbesondere wenn ein

Stammgast bereits wartet.

Ich sehe das nicht negativ gegen mich, es ist hier dein Job.

Positiv wäre allerdings, wenn du dir wünscht, dass ich dir noch Gesellschaft leiste.

Und es ist überhaupt nicht wirklich selbstlos, wenn ich dich entscheiden lasse und das akzeptiere, denn ich bin glücklich, wenn es dir gut geht.

Vormittags schicke ich dann die SMS an dich ab in der Hoffnung, dass sie dich jetzt nicht mehr weckt: „Hallo Pat, danke, danke, danke für deine liebe Nachricht. Jetzt bin ich beruhigt und wünsche dir auch einen schönen Tag. Bis bald, liebe Grüße, Fred". Natürlich hoffe ich, dass du dich über meine SMS freust.

Selbst wenn du nicht übermäßig viel für mich empfindest, selbst wenn du es fast als lästig empfinden würdest, wie oft und lange ich bei dir bin, wäre es natürlich pure Unvernunft, wenn du einen so beständigen und so gut zahlenden und dazu möglicherweise noch rücksichtsvollen und zärtlichen Stammgast vergraulen würdest. Du wirst allein deshalb sicher einiges tun, um mich zu halten. Aber ich glaube auch nach wie vor zu spüren, dass du zusätzlich wirklich mindestens Sympathie für mich empfindest, mich gern bei dir hast. Und dazu tragen nicht nur dein Reden, dein Verhalten, sondern auch deine SMS-Texte bei.

Am nächsten Morgen ist bereits Halbzeit vorbei. Die Vorfreude kribbelt im Bauch, lässt mich mein Herz spüren bei jedem Schlag. Gleichzeitig überkommt mich schon eine gewisse Traurigkeit, weil ich schon wieder daran denke, dass Morgen ein Abschied für sieben lange Tage bevorsteht.

Es ist doch völlig verrückt, dass die Traurigkeit danach die Freude davor überdeckt. Nein, nein, ich will mich freuen, freuen, freuen, dass ich morgen so lange mit dir zusammen sein kann. Ich mache mir allerdings Sorgen wegen des angesagten Wintereinbruchs mit andauerndem Schneefall bis in die Niederungen.

15 Uhr, nur noch 24 Stunden, Zweidrittel der Wartezeit sind um. Hoffentlich bist du dann wirklich da.

Morgens gelingt es mir, geschwind und unauffällig den Hals zu rasieren. Ich möchte dir damit zeigen, dass ich mich bemühe, dir zu gefallen.

Ich schicke dir eine SMS:

„Hallo Pat, das Wetter macht mir deinetwegen schon Sorgen. Fahre bitte vorsichtig, ich wünsche dir eine gute Fahrt. Ich möchte um 15:00 kommen und ca 3 Stunden bleiben, liebe Grüße, Fred".

Deine Antwort:

„Hallo Fred ich werde sehr vorsichtig fahren versprochen. Werde um 15 Uhr Ausschau nach dir halten. Bis später lg Pat"

Auf der Fahrt zu dir geht mir durch den Kopf, wie es heute mit dir sein wird, wird es vielleicht im Laufe der Zeit doch abstumpfen, so normal werden, dass wieder andere Lüste die Übermacht gewinnen?

Wie lange kann ich mir das leisten? Reiner Sex mit anderen Frauen wäre billiger.

Ich verscheuche diese furchtbaren Gedanken, ich freue mich intensiv auf unser Treffen und ich glaube wie immer zu spüren, dass du dich auch freust und bin sicher, dass es ein wunderbarer Nachmittag sein wird.

Ich hasse mich für meine immer wieder aufkommenden Zweifel. Es gibt nicht die absolute Wahrheit, die endgültige Sicherheit. Es bleibt ein ständiges gegenseitiges Bemühen um Vertrauen und Zuneigung, und ich will und muss einfach mit dir genießen, was du mir zugestehst, was zwischen uns unter den gegebenen Bedingungen möglich ist. Für mich ist und bleibt klar, ich möchte deine Liebe gewinnen, ich möchte eine Zukunft mit dir, ich möchte dich nie wieder verlieren, aber ich werde dich nie bedrängen.

Kurz vor 15 Uhr komme ich an die Theke, du bist da, du begrüßt mich zärtlich, holst mir die übliche Cola und wir setzen uns aufs Polster. Wir reden darüber wie es uns die vergangenen Tage erging und über die heute magere Besetzung. Wir finden beide heute die Musik nett und angenehm.

Ich frage dich, wann du nach der Arbeit im Haus nebenan morgens aufstehst.

„immer um halb Sieben wegen der Kinder, außer am Sonntag"

Als ich nach 15 Minuten vorschlage, nach oben zu gehen, stellen wir gemeinsam amüsiert fest, du besonders überrascht, dass du tatsächlich vergessen hast zu rauchen. Wir nehmen unsere Getränke mit aufs Zimmer. Ich frage dich nach deinen Autoplänen. Du machst nicht den Eindruck, dass du das bald realisieren kannst.

„Leasing wird man mir ohne regelmäßiges Einkommen sicher auch nicht anbieten"

Ich bin mir da nicht so sicher, weil die Eigentumsverhältnisse anders sind als bei Ratenkauf.

Im Zimmer halten wir uns lange gegenseitig im Arm, dir scheint das genauso wichtig zu sein wie mir. Du drückst mich jedenfalls mehrmals tröstend ganz fest.

Ich biete dir an, dir auf jeden Fall beim Auto, in welcher Form auch immer, zu helfen. Zum Beispiel zahle ich dir die Extras im Voraus. Du meinst wieder mit diesen starken Augen und deiner selbstbewussten Haltung

„das möchte ich nicht, ich möchte das ganz allein realisieren, ich möchte mir meine Unabhängigkeit bewahren"

„du darfst das annehmen und musst nicht befürchten, dass ich daraus irgendwelche Forderungen ableiten würde, es würde dich zu nichts verpflichten"

„ich weiß"

Was bist du doch für eine faszinierende Frau. Es ist so wunderschön, dass du mir so vertraust. Insbesondere weil ich weiß, dass ich dein Vertrauen wirklich niemals missbrauchen würde, fühle ich mich bei solchen Komplimenten von dir richtig wohl.

Dann liegen wir nebeneinander auf dem Bauch, streicheln uns und reden. Es stört dich, wenn ich dir tief in die Augen schaue, es macht dich verlegen. Ich tue es trotzdem immer wieder, ich kann meine Augen nicht von deinen wunderbaren Augen lassen.

„es ist doch schade, viel Geld fürs Auto auszugeben, wenn es nur draußen steht und verrostet, vielleicht lohnt sich ein Tauschmotor".

Du streichelst meinen Rücken ausdauernd und wunderbar. Eine traurige Zufriedenheit überkommt mich über diesen wunderschönen Moment. Wie oft werde ich das noch genießen dürfen? Mir laufen die Tränen in kleinen Rinnsalen über die Nase ins Kissen, bemerkst du das? Du machst mir wieder ein Kompliment wegen meiner zarten Haut. Dann tauschen wir die Positionen, ich streichle dir den Rücken.

„es ist so wunderbar mit uns, diese Ruhe mit der wir es beide genießen, ich bin einfach glücklich mit dir"

Dann verwöhne ich dich auch mit der Zunge. Du bedankst dich wie jedes mal und ich umarme dich heftig.

„das ist auch wunderschön für mich"

Ich gebe dir das Schokoladenglücksschwein, du freust dich offensichtlich ehrlich darüber, und ich zeige dir dann Bilder von meiner Freundin und von meiner Tochter.

Wir streicheln und liebkosen uns am ganzen Körper in immer wieder wechselnden Stellungen und du suchst und genießt ganz offensichtlich vertraute Nähe und Berührungen.

„trägst du bevorzugt Hosen oder auch Kleider?"

„Hosen"

„das habe ich mir gedacht, wie die meisten in deinem Alter"

Dann beginnst du meinen kleinen Freund zu verwöhnen. Ich gebe mir einen Ruck und frage neugierig, wie es denn die meisten Kunden am liebsten mögen.

„erst französisch, aber zum Abschluss eigentlich fast immer Verkehr"

„ist das nicht immer eine kleine Vergewaltigung?"

„nein, es geht. Manchmal muss man Gleitcreme zu Hilfe nehmen. Ich mag es aber auf keinen Fall, wenn mich jemand am Hals oder Kopf berührt, deshalb bevorzuge ich die 4-Beiner-Variante von hinten, da besteht keine Gefahr"

Ich empfinde diese Aussage als großes Kompliment, weil ich dich überall berühren darf, auch am Hals und im Gesicht, und ich sage es dir auch, wie glücklich ich darüber bin.

„es ist dir hoffentlich nicht unangenehm, wenn ich so neugierig frage?"

„nein überhaupt nicht, du darfst mich alles fragen"

Du verwöhnst mich mit der üblichen Langsamkeit bis zum Wahnsinn, ich lasse dich durch wollüstiges Stöhnen an meinen „Qualen", meinem Genuss teilhaben. Auch dein Französisch ist wieder himmlisch. Aber letztlich fehlt doch wieder mein Stehvermögen und ich muss meinem kleinen, weichen Freund nachhelfen bis er dann wahrlich doch explodiert, was dir ein spontanes „wow" und ein Lächeln entlockt.

Ich erzähle dir von meinen Club-Besuchen in den Achtzigern, immer auf der Rückfahrt von auswärtigen Seminaren. Dreimal in zwei Stunden: Verkehr, Blasen, Handentspannung. Tja, da war ich noch ein potenter Wilder. Ich möchte nicht als Sexprotz vor dir wirken, ich möchte dir nur die Wahrheit über mein Sexualleben sagen.

„wie hat es sich mit deiner Frau entwickelt?"

Ich erzähle dir von der großen Häufigkeit bis zum Alter von Mitte Fünfzig, von dann einem Jahr fast ohne Erektion bis zum Spanienurlaub und dann vom Ausklingen vor einigen Jahren wegen nachlassender Erektion verbunden mit der extrem trockenen Scheide meiner Frau und ihr Desinteresse am Sex. Ihr schien es gerade recht zu sein, dass es nicht mehr funktionierte. Alternativen schienen sie nicht zu interessieren.

Du liegst quer auf mir, den Kopf auf meinem Bauch, eine wunderbare, vertraute und zärtliche Stellung. Du fragst mich nach meinem Gewicht, ich sage es dir wahrheitsgemäß „68 kg".

Dann spreche ich dich darauf an, dass dein Sohn ja nun auch langsam mit der Sexualität beginnt.

„ja, er entwickelt sich, er mag mich nicht mehr im Bad dabei haben, bekommt unten Haare. Ich finde das furchtbar, ich komme gar nicht damit zurecht"

„du musst es akzeptieren, es ist nicht zu ändern"

Ich erzähle dir von der Situation, als meine Kinder meiner Frau und mir beim Sex zuschauen wollten. Du bestätigst es als absolut richtig, dass ich das verweigert habe.

„ich schlafe immer nackt, und laufe morgens und abends so in der Wohnung herum, wird das jetzt ein Problem für meinen Sohn?"
„behalte das bei, das ist so natürlich, das wird für ihn kein Problem sein, nur seine eigene Nacktheit. Du musst dich eben damit abfinden, dass er nicht mehr nackt ist. Meine Frau und ich sind immer morgens und abends nackt, meine Kinder hatten damit auch nie ein Problem, waren es gewohnt. Nur mein Sohn war ab der Pubertät nicht mehr nackt, das war für uns alle ganz normal und nie ein Thema"
Ich erzähle dir von meinen ersten pubertären sexuellen Spielen in der Gruppe von 3-4 Jungen meines Alters.

Du sprichst auf meine Geschäftsideen an und ich ergänze, dass ich dich sehr gern einbeziehen würde, vielleicht brauche ich Assistenz, speziell außerhalb meiner Umgebung. Du traust dir das zu.
Dann spreche ich davon, wie gern ich mit dir, möglichst auch regelmäßig, tanzen würde.
„ich könnte dir ja bei Gelegenheit mal ein paar Tanzschritte zeigen"
„gern"
„inwieweit kannst du überhaupt tanzen?"
„ich hatte nie einen Tanzkurs"
„ich möchte sehr gern mal mit dir tanzen"
Irgendwie kommen wir auf meinen Geldbedarf und ich erzähle, dass ich gern meinen Geschäftswagen beim Ruhestand übernehmen möchte, das würde aber 30 Tausend kosten. Du bist entsetzt, dir scheint es eine Verschwendung zu sein, dafür könntest du dir vier

Autos kaufen. Und mir geht durch den Kopf, doch auf ein kleineres umzusteigen und dir vom Ersparten etwas für deinen Autokauf zu geben.

„der nächst kleinere Wagen würde neu auch 30 Tausend kosten, und noch kleiner möchte ich nicht. Ich würde den größeren schon gern behalten und zu Ende fahren"

Du unterstützt wieder, dass ich mich konsequent um meine Geschäftsideen kümmern soll.

„ich werde es tun, denn jetzt weiß ich, wofür ich die Einnahmen brauche"

Dabei schaue ich dich zärtlich an und streichle dir Hals und Wangen. Dann erzähle ich dir von meiner aktuellen Geschäftsidee und dass meine Freundin jetzt durchstartet. Natürlich träume ich davon, dass wir schnell viel Geld verdienen.

„meine Freundin handelt, ich zaudere immer. Ich habe viele Ideen, aber sie gibt den Antritt"

„ja, ihr ergänzt Euch wirklich wunderbar. Ihr dürft aber Eure Ideen niemandem verraten"

Ich ergänze noch, dass ich im Gegensatz zu meiner Freundin, die von einer Anlagenfirma träumt, auf keinen Fall das Geld anderer einsetzen und eventuell verspielen möchte. Dann denke ich darüber nach, dir irgendwann vorzuschlagen, die Vorauszahlung der Extras dort anzulegen, wenn du einverstanden bist. Ich werde darüber nachdenken.

Dann sprichst du noch mal meine Buchideen an und ich spreche davon, dir die Rechte eines Buches zu übertragen, auch wegen des weiblichen Pseudonyms.

„nein, wenn ich dann öffentlich etwas dazu sagen muss, das kann ich nicht"

„doch, das wird schon gehen, machst halt Lesungen"

„nein, nein"

Wir lachen beide. Aber dir scheint die Idee doch zu gefallen und du sagst wieder den Schlüsselsatz

„ich muss hier aufhören, möglichst bald"

Du hast zweimal auf dem Zimmer geraucht, hast mich aber jedes Mal gefragt. Erstens hat mir das noch nie etwas ausgemacht, zweitens würde ich dich niemals aus dem Zimmer schicken, allein wegen des für mich damit verbundenen körperlichen Schmerzes, denn ich liebe dich.

Auf jeden Fall hast du in den drei Stunden nur zweimal geraucht.

„gehst du etwas essen?"

„ich werde nur ganz wenig essen, ich würde dir aber

gern Gesellschaft leisten, wenn du magst"

„ja, sehr gern"

Du gehst dich kurz frisch machen, ich bleibe noch liegen.

„aber nicht einschlafen"

Wir gehen hinunter, du sagst wieder, wie unangenehm dir das Geschäftliche ist, gerade mit mir. Das klingt natürlich wunderbar in meinen Ohren.

„aber du brauchst das Geld, es ist doch eher unangenehm für mich und besser du nimmst es als ich gebe es einer anderen"
Du steckst das Geld ohne Nachzählen weg. Dann hakst du dich wieder ein und wir gehen demonstrativ als Paar zum Essen. Wir setzen uns an den zweiten Tisch und können ungestört miteinander reden.
Ich frage dich ein bisschen nach deinen Unkosten und deinem Verdienst aus.
„wenn sich heute Abend nichts mehr ergibt, kommst du dann überhaupt auf deine Kosten"
„du warst ja da und vorher hatte ich auch noch einen Gast"
Wir reden über die Musik, heute ist sie gut erträglich, achtziger Jahre. Wir haben beide einen breiten und ähnlichen Musikgeschmack, Techno mögen wir beide nicht.
Dann frage ich dich wegen deiner Alkohol-Zurückhaltung, ob wir trotzdem mal ein Gläschen Sekt miteinander trinken können.
„gern, das können wir gern machen, ich freue mich"
Den ganzen Nachmittag war es leer hier, kaum Männer und ebenso wenig Mädchen. Jetzt zum Essen tauchen noch ein paar Mädchen auf. Ich schaue zu einem jungen Mädchen am anderen Tisch, du gleichzeitig auch.
„die ist ja direkt mein Typ"
Ich möchte dich damit ein wenig necken, verletzten möchte ich dich auf keinen Fall. Sie ist dunkelhaarig, zierlich mit schönem Busen. Du

hast beim Hinschauen offenbar das gleiche gedacht, und schaust weiter sie und nicht mich an

„das habe ich auch gedacht, ich weiß es, aber es ist auch eine sehr hübsche"

„ich habe sie hier noch nie gesehen"

„doch, ich kann sie ja nur vom diesem Wochentag kennen"

Ich streichle deinen Oberschenkel.

„es gefiele mir schon, wenn du ein ganz klein wenig eifersüchtig wärest"

Ich lächle dabei, denn ich habe überhaupt nicht mehr vor, mit einer anderen anzubandeln. Vor drei Monaten hätte ich das sicher gemacht.

Aber dir will das Lächeln nicht so recht gelingen, oder?

Du empfindest dich als alt und ich finde es umgekehrt nach wie vor als anmaßend, dass ich Alter mir Hoffnungen auf die Liebe einer so jungen und hübschen Frau mache, wie du es bist.

Meine Blicke auf die ganz jungen sind rein körperliche Freude, rein sexuell, aber das ist außer einem kurzen wohlgefälligen Blick völlig in den Hintergrund getreten. Klar ist es reizvoll, aber es gibt nicht den Bedarf zum Kontakt. Natürlich würde mir ein wenig Eifersucht bei dir gefallen. Ich möchte schon, dass du dich um mich bemühst, aber ich möchte dir auch zeigen, dass du dir wirklich keine Sorgen machen musst. Dich kann bei mir keine mehr ausstechen.

„du siehst müde aus"

„es ist doch schön, wenn ich nach diesem intensiven Beisammensein erschöpft bin. Stelle dir vor, ich wäre noch spitz und hätte noch Energie, etwas anderes zu unternehmen"
Ich erwähne noch, dass ich dieser Tage auf eine Messe gehe.
„ein klein wenig Ablenkung in diesen unendlich langen sieben Tagen"
Du nickst still und schaust mich auch traurig an, auch dir scheint durch den Kopf zu gehen, dass eine kürzere Wartezeit viel schöner wäre.
„ich melde mich diese Woche mal"
„ja, tu das, ich würde mich sehr freuen. Und melde dich auf jeden Fall schon mal Morgen, wenn du gut angekommen bist"
Du sagst es zu. Dann hakst du dich wieder ein und bringst mich zur Treppe, diesmal bleibst du stehen bis ich von unten noch einmal winke und du winkst zurück. Beim Gehen treffe ich dich am Empfang, du vernaschst gerade das Glücksschweinchen als Nachspeise.
Dann telefonierst du, ich hoffe natürlich mit einem deiner Kinder. Aber die Formulierung und der genannte Name deuten darauf hin, dass du dich wohl für nachher mit einem anderen Stammgast verabredest „...war nicht möglich...ich richte es ein...bis dann...".
Das sticht schon ein bisschen, ich kann mich bemühen so realistisch wie möglich zu denken und zu handeln, aber ganz innen drin möchte ich dich eben doch für mich allein haben.
Liebe siegt über Vernunft in jeder Beziehung.

Da du noch den Hörer am Ohr hast, kann ich nur winken und „tschüss" rufen. Aber ich sehe, dass du mir nachschaust und mich wegfahren siehst. Jetzt kennst du mein Auto.

Für mich waren es heute die bisher wunderbarsten Stunden mit dir, es gibt also immer noch eine Steigerung. Obwohl diese ewig langen sieben Tage bevorstehen, bin ich sehr ruhig, ich bin jetzt ganz sicher, dass du mich wirklich sehr magst, dass wir verbunden bleiben. Du bist an allem, was ich dir erzähle so interessiert, du bist mit allen Antworten so ehrlich, du gehst so mit, du gibst mir Hinweise und Anregungen, du treibst mich an, meinen Geschäftsideen zu folgen, du machst mir Mut, ein Buch in Angriff zu nehmen, es nicht etwa zu unterlassen, und du bist zärtlicher und zutraulicher gewesen als je zuvor.

Wir haben gescherzt, gelacht, gekuschelt, und waren einfach in wunderbarer Ruhe einander zugetan, haben uns unglaublich wohl gefühlt. Zärtliche Sexualität, vertrauensvolle Gespräche, einfach zusammen sein, zusammen denken, zusammen träumen, zusammen reden, zusammen schweigen sind eine Einheit und wir spüren es beide. Ich bin mir immer sicherer, auch du spürst es.

Nachts wache ich auf, es drängt mich zum Schreibtisch, in dem Moment kommt ein „ping" von deinem Handy, deine versprochene SMS ist da: „Hallo Fred bin gesund zuhause. Gehe nun schlafen bin sehr müde. Sende dir einen Gute Nacht Kuss. Lg Pat". Ich bin unendlich glücklich und gehe ganz ruhig wieder schlafen.

Morgens habe ich immer noch diese umfassende wohlige Ruhe, aber ich spüre jeden Herzschlag. Ich habe den Bedarf nach Bewegung und beschließe spontan, schwimmen zu gehen.

Ich telefoniere auf der Fahrt mit meiner Freundin, die heute keine Zeit hat und offensichtlich traurig ist, dass ich allein schwimmen gehe. Aber sie kennt meine Probleme und meine Prioritäten ja nicht.

Ich versuche sehr nett zu sein, wir reden über die gemeinsame Geschäftsidee und sie macht konkrete Vorschläge, wann sie zu mir oder ich zu ihr kommen könnte, um alles zu besprechen. Früher habe ich mir das so oft gewünscht, aber nun bestimmst nur noch du mein Leben. Aber ich habe ja deinen Auftrag, die Geschäftsideen mit meiner Freundin umzusetzen, also letztlich treffe ich mich jetzt auch wesentlich deinetwegen mit ihr, das ist schon eigenartig.

Vorm Schwimmen schicke ich dir spontan eine SMS, was ich eigentlich erst später tun wollte: „Guten Morgen Pat, danke, habe deine SMS unmittelbar gelesen und konnte dann sehr gut schlafen. Küsschen, Fred".

Die Bewegung tut mir gut, die Beklemmungen vom Herzen werden schwächer, ich spüre aber weiter jeden Herzschlag. Mein Herz zieht sich nicht zurück aus meinem Bewusstsein, jeder Schlag lässt meine Hände leicht zittern. Wenn ich versuche, tief durchzuatmen, dann gelingt mir nur ein herzzerreißender Seufzer. Immer wieder muss ich mit den Tränen kämpfen, aber ich kann sie nicht zulassen, denn ich bin nicht allein und ich glaube sowieso schon, dass alle auf mich schauen.

Der Tag danach ist immer ein ganz besonderer, gerade auch heute. Du hast gestern soviel Nähe zugelassen, mir soviel Vertrauen gegeben, unser ganzes Zusammensein hat so viel Ruhe ausgestrahlt, immer mehr geraten alle aufkommenden Zweifel in den Hintergrund, ich schwelge in glücklicher Erinnerung, ich schwebe und träume mich schon zum nächsten Treffen. Leider muss ich noch sechs Tage warten. Nur der kleine stechende „Verdacht" gestern am Empfang lauert und zieht mich zurück in die Wirklichkeit. Aber es muss einfach gelingen, dass meine Liebe und dein Job, mindestens vorläufig, nebeneinander existieren. Ich wünsche mir natürlich sehnsüchtig, dass auch du Liebe zu mir zulässt und empfindest und wir eine gemeinsame Lösung finden.

Gestern hatte ich im Zusammenhang mit meinen Geschäftsideen das Gefühl, dass du dir das auch wirklich gemeinsam mit mir vorstellen kannst und zu verwirklichen wünschst.

Ich kann und darf im Moment nicht mehr erwarten als eine andauernde enge Verbundenheit zwischen uns, alles ist möglich, nichts darf Verpflichtung oder Zwang sein. Liebe heißt geben, nicht nehmen. Ich möchte dir alles geben, was mir möglich ist und werde nichts von dir erwarten, nur hoffen, dass uns niemals irgendetwas wieder völlig auseinander bringen wird.

Wann trifft man schon mal einen so wunderbaren Menschen wie dich, ein solches Geschenk und Glück muss ich hüten und pflegen.

Wenn es dir dabei gut geht, dann ist das das Schönste, was ich erreichen will und kann, es strahlt zurück auf mich.

Endlich, endlich lebe ich wirklich wieder. Plötzlich lohnt es sich wieder alle Geschäftsideen aufzugreifen, während ich mich die letzten Jahre immer gefragt habe „wozu", nett aber nicht wichtig. Jetzt verfolge ich ein Ziel, ich möchte dir deinen Job überflüssig machen, deine Versorgung sichern. Und ich hoffe inständig, dass mir das gelingen wird. Es muss mir gelingen. Natürlich hoffe ich, deine Liebe auf jeden Fall auch ohne finanziellen Erfolg gewinnen zu können.

Du hast gesagt, mit leicht angedeuteter Einschränkung (wegen mir etwa?), du würdest immer strikt trennen zwischen diesem Job und privat und ich habe dir bestätigt, dass dir das jeder raten würde.

Meine jetzige Situation ist völlig verrückt. Ich habe, insbesondere bei meinen Beziehungen, aus meiner Sicht immer alles falsch gemacht in meinem Leben, von meiner Jugendbrieffreundin bis zu meiner Freundin.

Jetzt bin ich der Meinung, dass ich mit meiner Liebe zu dir und unserer Beziehung zum ersten Mal in meinem Leben etwas wirklich richtig mache. Ich war noch nie so verliebt. Aber würde ich jemanden dazu fragen, dann würde sicher jeder die Hände über den Kopf zusammenschlagen und mich sofort darauf hinweisen, dass ich gerade im Begriff sei, den wirklich größten Fehler in meinem Leben zu machen. Ich höre sie alle sagen: „du kannst dich doch nicht in eine Prostituierte verlieben, in Abhängigkeit von ihr bringen, die nimmt dich aus, bis deine Rücklagen erschöpft sind, dann lässt sie dich fallen und sucht sich ein neues Opfer".

Nein, nein, ich will das nicht denken, nicht als Wahrheit gelten lassen. Und das ist auch nicht wahr. Ich habe dir so viele Ansatzpunkte geboten, mich auszunehmen, du tust es nicht, du machst dir sogar Sorgen um meine Finanzen. Ich bin mir ganz sicher, dass ich es spüren würde, wenn es auf deiner Seite nicht auch echte Gefühle für mich gäbe.

Immer wieder muss ich mit den Tränen kämpfen. Ich bin zwar allein im Büro, aber es kann jederzeit jemand hereinkommen und mich sprechen wollen. Ich atme ein paar Mal tief durch und reiße mich zusammen.

Am nächsten Tag liegt eine lustlose, bleierne Ruhe auf mir. So müssen sich Menschen fühlen, die mit Medikamenten ruhig gestellt werden.

Ich träume, wie ich dir in deine wunderbaren, großen, grünen, unendlich tiefen Augen schaue. Sie können so fröhlich strahlen und dann wieder grenzenlos traurig wirken. Manchmal wehrst du dich gegen meinen Blick mit „schau mich nicht so an, ich mag das nicht". Auch meine Freundin hat das so oft gesagt. Ich muss dich irgendwann danach befragen. Was ist mit meinem Blick, der doch Liebe, Geborgenheit und Zärtlichkeit übertragen will? Natürlich ist er auch fragend, eindringlich, möchte deine Gedanken lesen. Aber ausstrahlen soll er meine ganze Zuneigung. Fürchtest du dich genau davor, der zu großen Zuneigung, die du nicht erwidern kannst oder willst? So war das wahrscheinlich bei meiner Freundin.

Plötzlich ist da wieder das kleine Teufelchen und meint „sie ist nicht traurig, weil sie unglücklich in dich verliebt ist, sie ist traurig, weil sie weiß, dass du irgendwann an deine finanzielle Grenze stößt und sie dann einen vielleicht angenehmen, aber im wesentlichen nur einen sehr einträglichen Stammgast wieder verliert. Hinter ihren traurigen Augen steht das Fragezeichen „wie oft noch?"".

Nein, nein, verschwinde Teufelchen, ich will das gar nicht wissen. Bitte Amor, hilf mir. Ich glaube, nein ich bin mir sicher, deine Augen zeigen ganz deutlich deine Zuneigung zu mir. Sie schauen traurig wegen deines Wissens, deiner Ahnung, dass es aus vielen Gründen keine gemeinsame glückliche Zukunft für uns geben kann, weil zu viele Widerstände zu überwinden wären.

Natürlich mache ich mir Sorgen um meine Finanzen. Wie lange kann ich das durchhalten, ein halbes Jahr, ein Jahr? Irgendwann muss ich die Zeiten des Zusammenseins mit dir mindestens reduzieren. Wirst du dich dann von mir abwenden oder muss ich dann hinter anderen Stammgästen zurücktreten? Es muss einfach vorher gelingen, durch neue Geldquellen oder viel lieber durch das Entzünden deiner Liebe zu mir, unser Zusammensein zu sichern.

Schon wieder drängt sich das Teufelchen in den Vordergrund „sie hat sich damals nur für dich interessiert, weil du zwei- bis dreimal aufs Zimmer gegangen bist. Das hat sie genauso registriert wie die anderen. Du warst also ein lukrativer Gast. Dass du dann auch so ein angenehmer warst und auch sie sich mit dir wohlfühlen konnte, war ein angenehmer Nebeneffekt. Das wird aber nicht reichen, wenn dein Geld alle ist".

Verdammt, ich will das nicht hören, will das nicht denken. Ich liebe dich. Die Gefühle toben in mir.

Ich möchte im Moment noch nicht ganz auf Tantra verzichten, obwohl mich innerlich das Gefühl zerreißt, dich damit zu hintergehen. Auf jeden Fall habe ich im Kalender solche Termine deutlich reduziert auf höchstens einmal im Monat. Mehr sollen es nicht sein, also nicht jedes Mal wie bisher, wenn ich viele Tage auf dich warten muss, sondern viel seltener. Vielleicht werden es ja auch noch weniger.

Das hätte ich nie gedacht. Wie du mich doch verändert hast! Die anderen Wartezeiten werde ich dann wieder häufiger ins Kino gehen, um mich abzulenken. Ich habe dann ein besseres Gefühl dir gegenüber und ich kann dir mehr Geld zukommen lassen. Das ist mir schon sehr wichtig.

Heute ist ein Viertel der Wartezeit fast geschafft. Ich befinde mich in einem Wohlgefühl der Vorfreude.

Auf der Rückfahrt ins Büro rufe ich kurz meine Freundin an. Sie spricht wieder so lieb wie so oft von der offensichtlichen Gedankenübertragung. Denn gerade habe sie an meinem Arbeitsplatz angerufen und wenig später melde ich mich vom Handy. Und das war wirklich schon oft so bei uns, zwei Seelen, ein Gedanke.

Wie sehr wünsche ich mir, dass das auch zwischen dir und mir so wäre, dass du mein sehnsüchtiges Hoffen auf einen Anruf, eine SMS von dir in deinen Gedanken fühlst und erfüllst. Oder denkst du in solchen Momenten vielleicht wirklich gerade an mich und ich könnte, wenn ich mich denn traute, meinerseits den von uns gleichzeitig erhofften Kontakt her stellen? Wenn ich das doch sicher wüsste.

Meine Frau scheint doch etwas über meinen Zustand zu spüren. Nun hat sie mich schon mehrmals die letzten Wochen umarmt mit offensichtlichem Bedarf nach Nähe, die ich ihr aber nicht mehr geben kann oder will. Natürlich tut sie mir leid, aber eine gewisse Distanz kann ich nicht mehr überwinden, meine Seele ist woanders.

Ich habe mich in den letzten Wochen verändert. Wenn ich früher nach einem rein sexuellen Treffen heimkam, war ich sicher, dass es nicht zu bemerken war, es war einfach abgehakt. Jetzt traumwandle ich den ganzen Tag, bin abwesend. Sicher kann jeder spüren, dass ich mit meinen Gedanken, mit meinem Herzen woanders bin.

Meine Freundin hat es gespürt, meine Kollegin hat es gespürt, es wäre ein Wunder, wenn meine Frau es nicht spüren würde. Ich hoffe natürlich, dass es mir gelingt, möglichst normal zu wirken, sie möglichst nicht zu verletzen. Aber ich bin mit dem Herzen und der Seele ununterbrochen bei dir, ich mag diesen Zustand nicht stören lassen, ich dulde nur etwas Ablenkung, damit die Zeit schneller vergeht. Sieben lange Tage sind einfach die Hölle.

Am nächsten Morgen gehe ich mit meiner Freundin schwimmen, frühstücken und plaudern. Wir reden über die Firma, ihr Studium und unsere Geschäftsidee. Die ganze Zeit bin ich aber bei dir, das wird durch die Diskussionen nicht wirklich abgeschwächt.

Ich spüre jeden Herzschlag seit dem Aufstehen, es lässt nicht nach, ich bin wieder in einem seelischen Tief. Ich gehe durch Himmel und Hölle, bin glücklich und zufrieden und gleichzeitig tief unglücklich und unzufrieden. Ich könnte heulen vor Glück und Schmerz gleichzeitig.

Du hast mir versprochen, dass du dich zwischendurch meldest und ich bin ganz sicher, dass du es machen wirst. Ich liege den ganzen Vormittag auf der Lauer und schaue nach jeder Abwesenheit vom Arbeitsplatz sofort nach. Endlich der ersehnte „ping" von deinem Handy und deine liebe SMS mit einer fröhlichem Animation: „Hallo Fred wünsche dir ein angenehmes Wochenende, denke du gehst tanzen gell? bis bald ganz ganz lg Pat".

Ich antworte:

„Hallo Pat es tut so gut, von dir zu hören, danke. Ja, ich gehe heute und morgen tanzen. Übermorgen bin ich auf der Messe. Ich wünsche dir ein sehr schönes Wochenende. Ich sehne mich, ich freue mich. Bis bald, ganz ganz lg, Fred".

Ich bin selig über diesen kurzen Kontakt, du hast also an mich und dein Versprechen gedacht, du hast darüber nachgedacht, was ich am Wochenende mache und du hast ein nettes Animations-Bild hinzugefügt. Ich könnte wieder heulen vor Glück und zähle die

Stunden, sie wollen nicht vergehen. Um 15 Uhr sind es noch genau vier Tage bis zum Wiedersehen.

Morgen früh wird endlich die zweite Hälfte der Wartezeit beginnen. Wie gern würde ich dich über Wochenende kurz anrufen. Ich traue mich nur nicht, es zu tun. Vielleicht frage ich von der Messe kurz per SMS bei dir an, ob ich darf. Oder vielleicht ist es doch besser, ich frage dich nächstes Mal persönlich. Ich werde wahnsinnig vor Sehnsucht, aber ich möchte dich auf keinen Fall belästigen.

Der Tanzkurs abends vergeht wie in einem Nebel, ich muss mich unheimlich konzentrieren, neben den Gedanken an dich auch etwas vom Unterricht mitzubekommen.

Zweimal bin ich nachts wach und gebe mich kurz aber glücklich Tagträumen an dich hin. Dann schlafe ich aber immer wieder schnell ein.

Gegen früh habe ich plötzlich Lust zu probieren, ob ich eine ordentliche Erektion hin bekomme. Als das dann einigermaßen gelingt, bin ich so spitz, dass ich weiter zärtlich onaniere und mit einer sehr befriedigenden Explosion ende. Die ganze Zeit habe ich mir vorgestellt, dass du mir zuschaust. In meiner Zufriedenheit schwanke ich zwischen „ich muss in Übung bleiben" und „ich hätte mich für dich aufsparen sollen". Aber ich bin sicher, du würdest meinem Verhalten zustimmen. Dir ist es auch wichtig, dass ich sexuell aktiv bin und ich bin mir sicher, dass du dich in diesen Tagen auch selbst befriedigst. Denkst du dabei, wenigstens manchmal auch an mich?

Als ich endgültig aufwache, muss ich daran denken, wie allein du Weihnachten sein wirst und ich überlege, wie ich mich bei dir melde und wie ich eine SMS formulieren könnte.

Bei der Vorstellung an diesen Tag und dass ich nicht bei dir sein kann, schießen mir wieder Tränen in die Augen und fließen über die Stirn ins Bett.

Vormittags schaue ich im Internet nach, du bist angekündigt im Haus nebenan. Ich bin in meinen Gefühlen hin und her gerissen. Einerseits weiß ich, dass du wie vermutet und besprochen da sein wirst, andererseits sehen das auch andere Stammkunden, die dann gezielt auch kommen. Ein wenig sticht das doch immer wieder, auch wenn ich es mit Vernunft sehen muss und sehen will.

Welch eine verrückte Situation. Ich habe eine Ehefrau ohne Lust auf Sex, von der ich mich auch seelisch entfernt habe, weil sie mich so oft seelisch verletzt hat und die es mit ihrem Alkoholismus auch nicht einfacher macht.

Ich habe eine wunderbare Freundin, mit der es aber keinen körperlichen Kontakt gibt und wohl auch nie geben wird.

Ich habe jetzt mit dir eine Geliebte, mit der ich endlich meine Sehnsucht nach Streicheleinheiten nach langer Zeit erfüllen kann, mit der ich alles habe, Gespräche, Zärtlichkeit, Sex, Vertrauen. Aber ich habe dich leider nicht für mich allein und nicht sicher für alle Zukunft. Was du mir gibst ist dein Job, und da bist du eben für viele da. Werde ich irgendwann wirklich zur Ruhe kommen und mit einer Frau wieder glücklich und vollkommen mein Leben teilen können?

Am liebsten würde ich das mit dir erleben. Da gibt es für mich keinen Zweifel. Nur leider muss ich zugestehen, dass das aus deiner Sicht eine absolut unvernünftige Perspektive wäre, selbst wenn du mich sehr gern haben solltest.

Alles ist wie in einem Nebel voller Sehnsucht, ich zähle die Tage und Stunden, alles andere ist unwichtig.

Die Tanzparty abends kann mich nicht wirklich ablenken, und natürlich denke ich gerade auch beim Tanzen immer nur an dich. Wie gern würde ich mit dir tanzen. Endlich Nacht.

Morgens wache ich mit der wunderbaren Vorfreude „bald" auf, um dann leider feststellen zu müssen, dass es doch noch zwei Tage dauert. Ich bin den ganzen Tag mit meinen Kindern auf der Messe, aber die Ablenkung ist nur oberflächlich, jede Frau vergleiche ich mit dir, aber du bist unvergleichlich, keine kann dir das Wasser reichen. Belustigt stelle ich fest, dass ich auch gerade blonde Frauen anschaue.

Kaum wieder daheim halte ich es nicht mehr aus, ich muss dir eine SMS schicken:

„Hallo Pat, mir ist gerade danach, mich bei dir zu melden. Ich war den ganzen Tag mit meinen Kindern auf der Messe, jetzt bin ich sehr müde. Guten Start in die neue Woche, bis bald ganz liebe Grüße, Fred".

Wenige Minuten später kommt deine Antwort, es ist ein wunderbares Gefühl:

„Das ist aber lieb. Wünsche dir noch einen schönen Abend und auch einen guten Start in die Woche. Noch 2 mal schlafen dann sehen wir uns. Schlafe gut bis bald lg Pat".

Der letzte Rest ungutes Gefühl ist verflogen, dass ich dich belästigen könnte. Deine SMS ist so lieb formuliert und ich glaube zu wissen, dass das „zwei mal schlafen" nicht nur ein Trost für mich ist, mindestens hättest du dann meine Sehnsucht anerkannt, sondern auch du dich wirklich freust, dass die lange Wartezeit endlich um ist, dass auch du dich wirklich darauf freust, mich wiederzusehen. Ich bin sehr glücklich, ich werde wunderbar schlafen.

Abends bin ich dann weiter so glücklich über deine SMS und gleichzeitig so traurig, dass wir uns nur so selten treffen können. Im Bett fließen wieder die Tränen.

Da die Übertragung aller SMS auf den PC gestern nicht funktioniert hat, beginne ich sie abzuschreiben, denn irgendwann ist der Speicher voll und ich werde sie leider löschen müssen. Beim Abschreiben ist mir jeder Tag wieder ganz gegenwärtig. Die starke Sehnsucht gaukelt mir immer wieder vor, dass wir uns bereits heute wieder sehen. Ich werde mich zusammenreißen müssen, dass ich heute Mittag wirklich zu meinem Arzttermin fahre und nicht aus Versehen in den FKK-Club. Ich fahre dann richtig und denke die ganze Zeit doch nur daran, dass ich Morgen, Übermorgen und in drei Tagen um die gleiche Zeit zu dir fahren werde. Welch ein wunderbares Gefühl. Abends nach dem Tanzen noch 18 Stunden. Morgen treffen wir uns zum 15. Mal.

Endlich wieder der Tag der Tage. Ich bin so aufgeregt. Die Vorfreude auf einen wunderbaren Nachmittag mit dir ist unbändig. Ein überraschender Termin im Büro lenkt mich zwei Stunden ab.

Für meine Angst, dich plötzlich eines Tages wieder zu verlieren, sehe ich plötzlich ganz klare Gründe vor mir. Du bist sehr hübsch, sympathisch, zärtlich und bewundernswert. Also ist meine Konkurrenz riesig groß, denn welcher Mann möchte nicht eine solche Frau zur Partnerin haben.

Ab späten Vormittag warte und hoffe ich auf eine SMS von dir. Und tatsächlich wird mein Hoffen belohnt mit dem ersehnten „ping":

„Hallo Fred bin eingetroffen. Freue mich auf dich. Werde brav warten. Pat".

Welch ein Glücksgefühl, mein Herz hüpft, ich könnte jubeln. Ich antworte sofort:

„Hallo Pat, danke, ich freue mich auch, ich möchte heute wieder gegen 15:00 kommen und etwa 3 Stunden bleiben, gern auch mit Essen. Bis dann lg Fred".

Einen geschäftlichen Termin um 13 Uhr hätte ich fast verpasst, immerhin eine Ablenkung. Wie soll ich nur die verbleibende Zeit ausfüllen, bis ich endlich losfahren kann. Zu tun hätte ich ja genug, aber es fehlen Lust und Konzentration. Aber wenn ich früher fahre, dann bleibt die Arbeit liegen, und einen noch längeren Aufenthalt bei dir kann ich mir auch nicht leisten und eher von dir gehen möchte ich auch nicht. Also muss ich eben „leiden".

Endlich kann ich dann losfahren und bin pünktlich um 15 Uhr an der Theke. Du bist da und wartest.

Alle anderen Frauen strahlen mich an.

Du holst mir einen Kaffee und bringst ihn mir zu den Polstern.

„jetzt begrüßen wir uns erstmal richtig"

Eine schöne Aufforderung für Umarmung und Küsschen.

Du erzählst, dass ich dir bereits angekündigt wurde von anderen Damen „dein Kunde kommt". Wir lachen, jetzt ist endgültig allen klar, was Sache ist.

Ich erzähle dir, dass eben sehr viele Mädchen angekommen sind und dass sie in Tageskleidung und ungeschminkt kaum zu erkennen gewesen wären, keine eleganten Damen, sondern eher Schulmädchen. Du erzählst mir, dass du Permanent-Schminke hast, also immer und überall so aussiehst. Wir sind uns einig, dass Kleidung und Stylen viel ausmacht. Ich bin mir allerdings sicher, dass du für mich immer schön bist, auch ohne Permanent-Schminke.

„du hast im Anzug letzte Woche am Empfang oder letztes Mal im anderen Club auch völlig anders ausgesehen"

Ich frage dich, ob ich mich trauen darf, dir nicht nur eine SMS zu schicken, sondern dich auch mal anzurufen. Du hast nichts dagegen, wenn ich akzeptiere, dass du auch mal nicht ran gehst.

Wir plaudern über unsere Tageserlebnisse der vergangenen Woche, ich über Tanzen, die Messe und meine Freundin, du darüber, dass du mit deinen Kindern ins Kino gehen wolltest, dein Sohn aber keine Lust hatte.

Ich spreche noch mal auf dein Auto an wegen der bevorstehenden Fahrverbote und verspreche dir, zu den Fahrverboten Unterlagen mitzubringen.

Du gehst an dein Handy, für mein Gefühl ruft ein Kunde an und kündigt sein Kommen für später an. Du antwortest nur „das passt gut, dann bis später". Natürlich nagt es wieder ein bisschen an mir.

Dann wird mir klar, dass nicht nur ich deine Handy-Nummer habe, sondern andere Stammgäste haben sie auch. Warum wundert mich das eigentlich?

Wir bestellen dann zwei Gläschen Sekt, zum ersten Mal, und gehen damit aufs Zimmer.

Wir liegen uns in den Armen, ich halte dich ganz fest und muss wieder schluchzen, du spürst es offensichtlich, hältst mich ganz ruhig fest in den Armen. Dann schauen wir uns wieder tief in die Augen.

Wir streicheln uns gegenseitig oder liegen nebeneinander, ich kann den Blick gar nicht von deinen wunderschönen Augen lassen.

Du sagst, dass du blöderweise deine Tage hast und möchtest deshalb heute lieber nicht von mir verwöhnt werden.

Ich rede noch mal über die Adressierung meiner Notizen an dich. Aber welchen Namen soll ich verwenden? du zögerst erst, meinst dann aber doch „Pat". Ich füge hinzu, dass ich auch direkt an dich adressieren könnte, wenn du mir deine Adresse nennst. Das bleibt im Raum stehen ohne Antwort von dir.

Dann spreche ich die Möglichkeit an, dass mir etwas zustoßen könnte und du es nur daran merkst, dass ich nicht mehr komme oder nicht mehr reagiere, du aber nicht erfahren kannst, was los ist. Ich möchte aber, auch wegen der Notizen, dass du Näheres erfährst. Ich frage dich, ob du die Mobile-Nummer von meiner Freundin annehmen würdest, um sie in dem Fall anzurufen. Sie kennt dich zwar nicht, aber ich habe großes Vertrauen zu ihr. Du könntest dich als gute Bekannte von mir einführen, der ich viel von ihr erzählt habe. Du könntest sie fragen, was los ist. Du könntest Sie auf meinen Brief an sie, „ihren" Koffer bei mir und das an dich adressierte Kuvert ansprechen. Du zögerst etwas, stimmst aber doch zu.

Du fragst wieder nach meinem Vater.
„wenn er mich fragt, ob es etwas neues gibt, sage ich nein, in Wahrheit möchte ich herausschreien ja, ja, ja"
Ich umarme dich. Dir ist offensichtlich klar, was ich herausschreien möchte.
Ich frage wieder nach Hobbys außer Musik. Du bist immer daheim und beschäftigt und hättest kaum etwas vor. Ski fahren gehst du nicht wegen der Kosten.
Wir reden über unsere Charaktere. Du bist eine sehr starke Frau, ich dagegen bin sehr weich.

„alle technischen Dinge erledige ich für meine Freundin und für mich selbst natürlich auch"

Für mich gibt es sowieso keinen Zweifel, du bist eine sehr selbstbewusste Frau. Was du nicht willst, das machst du nicht, niemandem zuliebe.

Dann spreche ich dich auf mein Haarteil an.

„das habe ich sofort gesehen. Ohne siehst du bestimmt viel besser aus"

„beim Tantra nehme ich es schon lange ab und alle Frauen dort haben auch gemeint, dass ich ohne besser aussehe"

„also"

„soll ich es jetzt abnehmen?"

Du stimmst zu und stellst dann fest

„viel besser, das bist du wirklich, anders bist du gar nicht du"

Ich verspreche dir auf deinen Vorschlag hin, dass ich das Teil in Zukunft im Spind lasse und ohne in den Club komme. Du bist begeistert und gibst mir wie meine Freundin Ratschläge, wie ich durch Abrasieren („Wette verloren") den Ausstieg schaffen kann.

„ich bin einfach zu feige, mich kennen auch zu viele in der Firma und beim Tanzen, aber im Ruhestand möchte ich aussteigen"

„mache es gleich"

„meine Frau ist dagegen, wegen der Leute"

„wegen der Leute? das ist doch egal, du bist du"

Was bist du doch für eine wunderbare Frau, mit dir könnte ich wirklich ich selbst sein, mit meiner Frau muss ich mich ständig verbiegen und verleugnen.

Dann verwöhnst du mich wieder auf deine unbeschreibliche Art, aber leider muss ich wieder nachhelfen. Als ich dich anschließend streichle meinst du, meine Hände könnten Creme gebrauchen.

Du sprichst wieder von Schönheitsoperationen, deine Nase lässt dir keine Ruhe. Ich versuche, dir Operationen auszureden und betone wieder, wie hübsch du doch bist. Aber deine Zähne gefallen dir gar nicht. Du würdest gern laut und herzhaft lachen, aber wegen deiner Zähne lässt du nur ein verhaltenes Lachen zu. Du bist entschlossen, irgendwann die Zähne korrigieren zu lassen. Davon wirst du dich nicht abhalten lassen, das ist offensichtlich.

„wenn ich einen Partner hätte, der nicht möchte, dass ich meinen Busen vergrößern lasse, dann würde ich es auch nicht tun, denn es muss ihm gefallen. Aber bei den Zähnen lasse ich mir nicht reinreden"

Dann erzähle ich die Geschichte meiner Beschneidung als ärztlichen Kunstfehler. Ich wäre neidisch auf die Beseitigung der Vorhautverengung meines Sohnes gewesen und wollte darum meine auch beseitigen lassen. Der Urologe habe dann aber ohne Absprache eine Beschneidung durchgeführt.

„aber das sieht doch sehr schön aus, stört es dich?"

„Nein, nachdem ich mich damit abgefunden hatte, fand ich es auch sehr schön"

Dann sage ich, dass ich dir gern etwas schenken möchte, wenn ich nur wüsste was. Du gibst keine Antwort. Dann frage ich, ob ich dir ein Schmuckstück schenken darf und was am liebsten.

„aber das ist doch immer viel zu teuer"

Ich werde das wieder ansprechen, vielleicht stimmst du ja doch noch mal zu.

Dann sage ich, dass ich dir auch gern eine CD schenken würde und erzähle, dass ich gerade Rosenstolz im Auto höre, einen Konzertmitschnitt, und dass alle Titel und Texte mich sehr ansprechen, weil sie mich alle so unmittelbar an meine Situation mit dir, meine Gefühle und Gedanken erinnern, so dass ich heulen könnte.

„hast du einen CD-Brenner?"

„ja"

"dann kannst du sie mir doch kopieren, falls sie nicht geschützt ist, habt ihr nicht sowieso alle denkbare Musik vorrätig?"

Ich verspreche dir, dass ich das Kopieren versuchen werde.

Plötzlich fragst du, ob ich ein Bild von dir haben möchte. Ich bin so begeistert und überrascht, dass du es mir anbietest.

War das Gedankenübertragung? In wenigen Augenblicken hätte ich dich nämlich danach gefragt. Du erzählst, die Kinder hätten dich gestern mit dem neuen Handy fotografiert. Du zeigst mir zwei Bilder, ich wähle eines mit einem schönen Lachen aus, du schickst es mir als MMS. Ich bin selig.

Du trägst einen schwarzen Pulli auf dem Bild.

„ich trage am liebsten schwarz und Jeans".

Du meinst, dass du dich gern schön anziehst und ich schwärme ein wenig von der Eleganz bei Bällen und von meiner Vorliebe für dunkelbau und Grau bei Anzügen und kräftigen Farben bei Hemden.

Ich erzähle wie meine Kollegin mal meinte, ich solle mein blaues Hemd für einen Fototermin anziehen, dann würden meine Augen so strahlen.

Kurz vor Ende kommt eine Kollegin von dir nach kurzem Anklopfen ohne Abwarten rein und sucht angeblich ihre Strapse. Wir wundern uns schon ein wenig und sind uns einig, sie sei bestimmt vorgeschickt worden, um zu schauen, was bei uns läuft und wir lachen zusammen.

„gehen wir wieder gemeinsam essen?"

„natürlich, gern"

„jetzt kommt der unangenehme Teil".

Dir scheint die Abrechnung wirklich unangenehm zu sein.

Heute gebe ich kein Extra.

„diese Woche ist es eine Menge Holz, da muss ich ein wenig sparsam sein".

Dann gehen wir Essen, du hakst dich demonstrativ ein.

Als wir uns setzen, scheint ein Kunde von dir zu kommen, er wartet auf den Polstern. Du möchtest es offensichtlich vermeiden, dass ich es bemerke, ihn aber wohl schon wissen lassen, dass du dann Zeit für

ihn hast. Natürlich sticht das, aber du bleibst mit aller Geduld demonstrativ bei mir, holst dir Essen nach und bringst mich eingehakt zur Treppe. Der Abschied ist ganz kurz.
Ich nehme dir das in keiner Weise übel, denn gerade vorher habe ich noch gesagt, dass du an diesem Abend schon noch Geld verdienen musst. Da beißt die Maus keinen Faden ab. Du hast mich nicht schnell „abgewickelt", du hast eine wunderbare Gratwanderung geschafft, mich nicht zu verletzen und den anderen Kunden nicht zu verlieren.
Du bist wunderbar. Werde ich dich auf meinen Eindruck ansprechen?

Nachts bin ich gegen 3:20 kurz wach, es ist aber keine SMS von dir da. Ich bin etwas beunruhigt. Dabei habe ich doch gesagt, du musst dich nur sofort melden, wenn du nicht zu müde bist. Ich kann nicht gleich einschlafen oder will es auch gar nicht und träume von dir. Ich denke darüber nach, dir mein Gefühl zu erzählen, dass ich noch nie in meinem Leben geliebt wurde, außer vielleicht von der Jugendbrieffreundin, der ich einen Korb gegeben habe. Alle finden mich liebenswert, aber keine anscheinend der Liebe wert.
Ich denke zurück an den Tag als meine Freundin eine entsprechende bittere Äußerung von mir „keiner mag mich" ganz leise und liebevoll beantwortet hat mit „aber ich mag dich doch". Ich schlafe insgesamt schlecht diese Nacht.

Bis 7 Uhr immer noch nichts von dir. Ich mache mir doch Sorgen, glaube aber auch, dass sich alles einfach auflöst. Ich bin voller Hoffnung, nein sicher, dass du schreibst sobald die Kinder aus dem Haus sind. Um 7 Uhr gehe ich mit meiner Freundin Schwimmen, danach ist deine SMS da!!!!

„Guten morgen Fred bin heute Nacht gut angekommen. Mache mich jetzt fertig und fahre wieder los. Bis später lg Pat"

Noch in der Umkleidekabine antworte ich:

„Guten Morgen Pat, danke für deine Nachricht. Dann bis 15 Uhr, gute Fahrt lg Fred".

Ich bin selig, mein Herz springt vor Freude, ich könnte jubeln, lasse vor lauter SMS-Antwort meine Freundin warten.

Es ist ein zäher Arbeitstag, ich bin nicht bei der Sache, springe von Termin zu Termin, schreibe an den Notizen über uns. Um 14:30 kann mich nichts mehr halten, ich eile zu dir und bin pünktlich da. Du begrüßt und umarmst mich liebevoll. Ich nehme vor dem Duschen das Haarteil ab und du freust dich lächelnd darüber als du wieder ins Zimmer kommst. Wir umarmen uns wie immer innig und legen uns dann nebeneinander auf den Bauch und streicheln uns abwechselnd. Es ist heute etwas kühl im Zimmer, du hast später ganz kalte Füße. Ich frage nach deiner Herfahrt. Du warst spät dran und hattest auch noch Stau. Die Kinder haben es als selbstverständlich hingenommen, dass du heute Morgen da warst, wie sie eben so sind. Du fühlst dich auf jeden Fall wohler, dass du es gemacht hast.

Ich sage dir wieder mehrmals, wie schön du bist, jeder Körperteil in jeder Position, und ich massiere zärtlich deinen Busen. Du sprichst wieder davon, dass dir deine Nase nicht gefällt, ich widerspreche gleich heftig. Und natürlich lassen dir deine Zähne keine Ruhe, da willst du unbedingt ran.

Ich gebe dir den Ausdruck deines Bildes, meinen Rede-Entwurf und natürlich die Süßigkeit. Du bietest mir wie gestern etwas davon an.

Wir kuscheln in immer wieder wechselnden Stellungen, du liegst auf mir und quer und seitlich angekuschelt und ich schaue dich auch begeistert im Deckenspiegel an: was für eine schöne Frau du doch bist und so anschmiegsam. So möchte ich den ganzen Tag mit dir verbringen, und das sage ich dir auch. Du genießt dieses ruhige Kuscheln und Streicheln ganz offensichtlich auch.

Dann frage ich dich tatsächlich nach dem offensichtlich wartenden Gast gestern und du bestätigst es ganz ehrlich und meinst, ich hätte aber ein gutes Gespür. Ich bedanke mich dafür, dass du trotzdem in aller Geduld und ohne sichtliche Eile unser Zusammensein wie besprochen in aller Ruhe und Vertrautheit beibehalten hast.

Wegen deiner Periode und der zeitlichen Lage frage ich dich, ob du die Pille nimmst. Zu meiner Überraschung verneinst du. Du möchtest wegen des Brustkrebses deiner Mutter vorsichtig sein mit diesen Hormonen. Leider hättest du alle drei Wochen für sieben Tage deine Periode, das sei sehr lästig. Du möchtest deshalb nicht, dass ich dich diese Woche verwöhne, gerade auch wegen der Finger.

Als ich gerade ansetze es zu erzählen kommst du mir wie in einer Gedankenübertragung zuvor.

„bist du sterilisiert?".

Ich erzähle dir, wann und warum ich es habe machen lassen.

Ich liege neben dir und streichle deinen Rücken, du hast die Augen geschlossen mit einem wunderschönen, entspannten Gesichtsausdruck. Ich schaue dich ununterbrochen liebevoll und fasziniert an und die ganze Traurigkeit meiner Situation überfällt mich, mir fließen die Tränen. Ich versuche, es dich nicht merken zu lassen. Aber du spürst es, als du die Augen aufmachst und dich seitlich an mich kuschelst fragst du

„geht es dir gut?"

„ ja, ich bin nur immer wieder mal etwas traurig, das vergeht gleich wieder"

Du streichelst mich liebevoll und sagst ganz zärtlich

„ich möchte nicht, dass du traurig bist"

Dann sind wir beide ganz still und ich lasse mich streicheln und fasse mich langsam wieder. Ich würde so gern mit dir nur lachen und fröhlich sein, aber hin und wieder schlägt die Wahrheit zu. Ich streichle dir wieder den Rücken.

„es ist so wunderschön, jetzt würde ich gern einschlafen"

„das dürftest du gern, wenn wir einen ganzen Tag zusammen wären".

Ich erzähle dir vom Start der Geschäftsidee mit meiner Freundin und du meinst, ob du mitmachen könntest. Ich lehne das ab, ich möchte niemandes Geld, besonders nicht deines, riskieren. Ich biete dir an, dass ich wie schon für das Auto angeboten, die Extras für ein Jahr im Voraus für dich anlegen könnte. Bei der genannten Summe fragst du erstaunt „so viel?", scheinst darüber nachzudenken, ohne dich zu entscheiden.

Es ist wirklich kühl hier heute, auch ich habe kalte Füße und du hast deine Füße ins Handtuch eingewickelt.

„es soll ja Leute geben, die auch beim Sex die Socken anlassen, erlebst du das hier auch?"

„sehr oft"

Wir lachen beide, weil es für uns beide nichts wäre. Ich rede von früheren Besuchen in Bordellen, dass mir Nacktheit dann schon wichtig war und ich es ätzend fand, wenn die auf Zeit drängenden Huren das am liebsten verhindert hätten.

Du erzählst mir von absonderlichen Gästen, absonderlichen Wünschen.

Dann legst du dich auf meinen Rücken, wir streicheln uns dabei gegenseitig.

„ohne Partner ist man gar keine richtige Familie, das ist schon blöd"

Ich wüsste so gern, was in deinem Kopf vorgeht, was du über mich und unsere Beziehung wirklich denkst. Hast du dir gerade vorgestellt, wie es mit mir wäre und dass es eigentlich keine Möglichkeit gibt und es auch für die Kinder sehr schwierig wäre, selbst wenn ich frei wäre und du wolltest? Wenn ich doch deine

Gedanken wüsste. Ich schaue dir, als wir uns wieder gegenübersitzen, tief in die Augen.

„jetzt würdest du gern meine Gedanken lesen"

Als könntest du meine Gedanken lesen!

„meine Freundin kann mir viel von den Augen ablesen"

Dann ist unsere schöne Zeit für heute wieder vorbei. Du wartest bis ich angezogen bin.

Ich fahre heim mit Traurigkeit, aber Vorfreude auf Morgen.

Ich bin wegen der Geschäftsidee den ganzen Abend am PC und telefoniere 45 Minuten mit meiner Freundin, meine Frau ist sauer.

Ich wache diese Nacht häufig auf, schlafe aber schnell wieder ein.

Morgens vor dem Aufwachen träume ich von einer Erektion und ich spüre im Traum, dass sie mir auch in seltener Stärke gelingt, es fühlt sich wunderbar an. So würde ich mich dir gern mal darstellen. Vielleicht gelingt es ja doch mal, wenn ich weniger angespannt bin.

Ich wache auf und die harte Erektion ist wirklich da.

Es ist so ein gutes Gefühl beim Aufwachen zu wissen, heute kann ich zu dir und es kann nichts dazwischen kommen, denn du bist schon da.

Ich zähle die Stunden, bin aufgeregt wie vor dem ersten Teenager-Rendezvous.

Pünktlich bin ich bei dir. Du begrüßt mich wieder liebevoll und du fragst wie immer, wie es mir geht. Jetzt im Moment sehr gut. Ich frage dich nach deinem Befinden und den Gästen. Du meinst, es sei heute sehr ruhig.

Möchtest du mich trösten, dass du nicht mit so vielen anderen zusammen bist? Aber finanziell muss ich es dir doch wünschen. Es ist einfach alles verrückt. Gestern seien drei Türken gemeinsam da gewesen, hätten sich aber nicht für dich, die „ältere", entschieden. Du warst und bist empört über deren Bemerkung.

„auch wenn es stimmt, aber es war nicht nett"

„es ist alles relativ, für mich bist du unendlich jung"

Du stellst fest, dass ich vergessen habe, meine Hände einzucremen, was ich zugeben muss. Ich gelobe Besserung. Wir streicheln uns gegenseitig ausgiebig Rücken, Beine und Vorderseite. Dann verwöhnst du mich wie immer unbeschreiblich schön und heute auch sehr erfolgreich. Ich habe eine einigermaßen Erektion und muss nicht nachhelfen. Darüber freust du dich offensichtlich auch. Fast ist mein Traum von heute Morgen in Erfüllung gegangen.

Ich darf dich trotz deiner Tage verwöhnen, nachdem ich dir mehrfach versichert habe, dass es mir bei dir nichts ausmacht. Du meinst, du könntest dich nur nicht so fallen lassen, wenn du daran denkst, dass etwas an meinen Fingern zu sehen wäre. Ich darf es entscheiden und ich verwöhne dich natürlich.

Du gibst mir wieder Hinweise, wie es dir gefällt, ich bin mit dem Finger zurückhaltend und es scheint für dich dann doch auch sehr schön zu sein.

„jetzt schlafen wäre schön"

Man sieht es auch deinen Augen an, dass du offenbar richtig entspannt bist. Das macht mich sehr glücklich.

„Schlafen nach Sex ginge nur, wenn wir den ganzen Tag zusammen wären, aber das kann ich mir hier nicht leisten. Wir müssen doch mal zusammen wegfahren, dann wäre es möglich"

„zusammen wegfahren?"

Du kommentierst es nicht weiter, aber ich habe den Eindruck, es hat darüber ein Nachdenken bei dir eingesetzt.

„besteht bei dem Job hier ohne Pille nur mit Gummi nicht ein Risiko einer Schwangerschaft?"

„ja, das könnte schon passieren, aber man kann nicht alles haben"

Du sprichst dann davon, dass ich ja vier Kinder haben wollte und ich erzähle wieder, dass zwei Kinder der Kompromiss mit meiner Frau waren, aber selbst die waren ihr dann zu viel. Ich erzähle noch, wie es mich ins Zweifeln gebracht hat, als ich mich ein Jahr nach der Sterilisation in meine Freundin verliebt habe. Die Frage hat mich umgetrieben, ob eine jüngere Partnerin vielleicht ein Kind von mir möchte und ich es nicht mehr erfüllen könnte. Aber eigentlich wollte ich mit Mitte 40 keine Kinder mehr, egal mit wem.

„auch mit einem neuen Partner würde ich keine Kinder mehr wollen"

„warum muss ein alter Mann Kinder zeugen, nur weil es noch geht, ein 25jähriger mit einer 50jährigen Partnerin kann ja auch keine Kinder mehr haben"

Dann sind wir längere Zeit beide ganz ruhig und in Gedanken versunken. Schließlich habe ich den Bedarf, dir von meiner Frau zu erzählen.

„Übrigens ist meine Frau schon hübsch mit Ausnahme des jetzt total aus dem Ruder gelaufenen von Jugend an leicht hängenden Bauchs. Aber sie hat ein hübsches Gesicht, wunderschöne Augen mit langen schwarzen Wimpern, schöne Beine und einen hübschen festen Busen, der noch Mitte 50 den Bleistifttest bestanden hat".

Ich frage, ob du gern Mützen und Hüte trägst. Du bestätigst das, wie ich vermutet habe.

Du sprichst wieder vom Navigationssystem, weil Du ein Angebot gesehen hast. Ich vermute den Hersteller, das bestätigst du. Ich sage, dass meine Freundin dieses hat und sehr zufrieden ist. Wichtig ist der Speicher für ganz Europa und TMC für die Stauverarbeitung. TMC kanntest du noch nicht.

„ich würde dir das Navi auch gern zu Weihnachten schenken, lieber natürlich etwas persönliches als ein technisches Gebrauchsgerät"

„ich möchte es doch schon nächste Woche für den Gospelabend einsetzen und du sollst mir nichts schenken".

Dann sprichst du wieder vom Auto und der Überlegung zu leasen. Du vergleichst mit Ratenzahlung, hast aber dabei wieder deine Kreditwürdigkeit vergessen. Dann meinst du, dass du vielleicht auch für Leasing einen Bürgen brauchst. Ich sage nichts dazu, aber denke natürlich daran, mich als Bürgen anzubieten.

Ich frage nach dem Anwesenheits-Rhythmus über Jahreswechsel. Du meinst, da ändert sich nichts, aber Weihnachten und Neujahr wirst du wohl nicht da sein, vielleicht ist auch geschlossen.
„das kommt mir entgegen, denn es wäre für mich wohl auch schwierig zu kommen, besonders Weihnachten unmöglich".

Nachdem wir wieder längere Zeit ruhig gestreichelt und gekuschelt haben spreche ich wieder an, dass ich dich gern mal außerhalb treffen möchte, ich käme auch gern mal auf einen Stadtbummel mit Kaffee vormittags in deinen Wohnort.
„ich möchte eigentlich Privates von dem hier trennen"
„aber mit uns ist es doch was besonderes, ich komme dann trotzdem noch hierher"
Ich habe plötzlich das Gefühl, du fürchtest ein bisschen, dass ich dann trennen möchte und nicht mehr als zahlender Gast komme, wenn wir uns außerhalb treffen. Ich glaube aber zu spüren, heute mehr als bisher, dass dein Widerstand langsam nachlässt.
„Falls du mal irgendetwas nicht allein machen möchtest oder es dir doch vorstellen könntest, mit mir einen Bummel zu machen, dann gib dir einen Ruck, melde dich und lass es mich wissen, ich komme"
Kann es sein, dass du sehr wohl darüber nachdenkst, ob du mich auch lieben könntest, ob du es nicht nur ansatzweise spürst, sondern zulassen willst? Du bist heute sehr nachdenklich und sehr zurückhaltend in der Abwehr.

Du bist aber auch eine sehr vernünftige Frau und lässt dich nicht einfach treiben, dir gehen offenbar alle Probleme und Möglichkeiten durch den Kopf. Trotzdem, du lässt mich seelisch näher an dich heran und kommst mir auch näher. Ich bin bei dem Gedanken unglaublich glücklich. Ich bilde mir ein, du findest langsam doch Gefallen an dem Gedanken eines gemeinsamen Bummels oder Wegfahrens. Du schaust mich an.

„ohne Haarteil und ohne Bart würdest du bestimmt wesentlich jünger aussehen".

Würde dir das auch deshalb gefallen, weil dann rein äußerlich der Altersabstand zwischen uns nicht ganz so groß wirken würde?

Mehrmals lässt du dir tief in die Augen schauen, einmal wendest du dich allerdings heftig weg.

„meine Freundin hat auch oft gesagt, schau mich nicht so an, offenbar habe ich manchmal einen sehr durchdringenden Blick"

Das bestätigst du.

„wie gern würde ich wissen, was hinter dieser Stirn vor sich geht"

Ich schaue dich wieder an.

„deine Augen strahlen wunderbar, manchmal sind sie traurig, häufig aber auch sehr nachdenklich".

Gerade heute ist mir deine Nachdenklichkeit besonders aufgefallen.

„das Strahlen kommt nur vom Lampenlicht"

Ich widerspreche. Damit necken wir uns dann ein bisschen.

Ich klingle dich von meinem Dienst-Handy an, damit du die Nummer auch kennst, wenn ich dich mal vom Auto aus anrufe.

Ich gebe dir noch die Info zum KFZ-Schein wegen der Fahrverbote, dann müssen wir für heute leider wieder Abschied nehmen für lange fünf Tage, glücklicherweise diesmal keine sieben.

Du versprichst, dich zu melden, sobald du daheim bist und auch mal nur so.

Ich vergesse, dir ein Extra zu geben.

Auf der Heimfahrt kommt eine SMS von dir auf dem Dienst-Handy, du hast also gleich mal die Nummer getestet:

„Danke noch mal für deinen Besuch. Komm gut heim. Drücke dich Lg Pat".

Daheim angekommen schreibe ich auf dem Dienst-Handy sofort zurück:

„Danke. Bin jetzt angekommen. Ebenfalls gute Fahrt und eine gute Nacht lg Fred".

Nachts wache ich um 1:50 auf, es ist aber noch keine SMS von dir da. Aber wie sich später zeigt, bist du jetzt daheim. Bin ich von Gedankenübertragung aufgewacht?

Morgens schaue ich sofort nach, und deine SMS von 1:57 ist da:

„Regen Regen Bin aber zuhause. Jetzt geht mein Alltag wieder los. Dir einen schönen Tag mit Sonne im Herzen. lg Pat".

Wie immer bin ich sehr beruhigt und sehr glücklich.

Ich treffe mich mit meiner Freundin zum Schwimmen, Frühstücken und zum Einrichten eines gemeinsamen Geschäftskontos. Aber alles Reden meiner Freundin kommt bei mir nur wie verschleiert an, du stehst allgegenwärtig in meinen Gedanken dazwischen, ich denke an dich und mich und kann mich kaum auf die Antworten an meine Freundin konzentrieren, geschweige denn über ihre Fragen und Vorschläge nachdenken.

Als ich um 10 Uhr endlich im Büro bin, heute allein, beeile ich mich, dir sofort eine Antwort zu schicken:

„Guten Morgen Pat, danke für deine Nachricht. Erst langsam wird mir klar, dass wir uns heute nicht sehen, es waren drei wunderschöne Nachmittage. Danke für dein Vertrauen und deine Zärtlichkeit. Ich bin sehr glücklich. Ich umarme dich und wünsche dir ein sehr schönes Wochenende. Ganz liebe Grüße, Fred".

Ich könnte heulen vor Glück und Traurigkeit und natürlich bei den Gedanken darüber, was du denkst und empfindest, wenn du diese SMS von mir liest.

Heute bin ich nur fünf Stunden im Büro. So allein im Büro gebe ich immer wieder tiefe Seufzer von mir. Ich beschäftige mich nur mit Tagträumen von dir und meinen Notizen über uns.

Ich denke nach über Ausreden für Wochenendtermine, damit ich bei deinen Anwesenheiten am Wochenende auch zu dir kann.

Ich muss herzhaft lachen bei der Vorstellung, wie ich dir davon erzähle und dir dadurch immer ausführlicher meine Lügengerüste offenbare. Sollte aus uns doch mal ein Paar werden, dann kann es nur noch die Wahrheit geben. Anlügen möchte ich dich sowieso niemals und es würde wohl auch nicht funktionieren.

Und ich bin fröhlich bei dem Gedanken. Ich habe so grenzenloses Vertrauen zu dir, warum sollte ich nicht über alles offen mit dir reden? Ich möchte nie wieder in eine solche Situation wie jetzt mit meiner Frau geraten und du bist auch keine Frau, mit der das passieren würde.

Ich gehe zeitig heim, obwohl ich nicht mag. Ich habe Angst vor den nächsten Stunden am Geburtstag meiner Frau. Was bin ich doch für ein Feigling, niemand hat etwas von meinem Verhalten, am wenigsten ich, oder? Ich kaufe wie immer meiner Frau Blumen, was mir heute schwer fällt wie noch nie. Denn viel lieber würde ich dir die Blumen kaufen und schenken. Den ganzen Tag spüre ich wieder jeden Herzschlag.

Ich versuche meiner Frau mit Essen gehen, Wein zusammen trinken bei Gesprächen ihren Geburtstag so schön wie möglich zu machen, kann dabei aber nur an dich denken.

Ich rechne deine Termine der nächsten zwei Monate aus, besonders auch, weil meine Frau davon spricht, spontan bei Schnee in Winterurlaub zu gehen. Das wird mir sehr schwer fallen. Ob ich das so hinkriege, dass höchstens ein Termin mit dir, möglichst keiner ausfällt?

Beim Einschlafen träume ich davon, spätestens in zwei Tagen wieder Kontakt mit dir zu haben, aber die Gedanken werden von dicken Tränen erstickt bis ich einschlafe.

Als ich um 8 Uhr aufwache ist der erste wohlige Gedanke, dass ein Drittel der Zeit bis zum nächsten Treffen um ist.

Dann bin ich in einem intensiven Tagtraum, ich höre dich sagen „ich mache mir Sorgen, dass du dich in etwas verrennst" und du schaust mich ernst, aber sehr lieb dabei an. Ich setze mich im Traum auf, ziehe dich auch hoch und wir sitzen uns mit verschränkten Beinen gegenüber. Ich schaue dir tief in die Augen: „natürlich habe ich Träume, wunderschöne Träume über dich und mich, die ich nicht missen mag. Aber ich weiß auch, dass diese Träume völlig unvernünftig sind und wohl nie wahr werden. Ich möchte aber die Stunden mit dir genießen, glücklich sein, keine Probleme wälzen. Lass es uns einfach zusammen genießen. Das Hier und Heute mit seinem augenblicklichen Glück ist wichtig. Mir wäre auch wichtig, wenn es dir bei unserem Zusammensein gut geht. Du sollst dich wohl fühlen, du sollst dich entspannen, fallen lassen, deine Sorgen vergessen und dir keine über mich machen. Sei einfach ein bisschen glücklich, versprich mir, dass du es versuchst, dann bin auch ich glücklich. Allerdings holt mich die Wirklichkeit gerade schneller ein als mir lieb ist. Wenn ich finanziell nicht abstürzen will, muss ich unser Zusammensein etwas reduzieren, das Geld strecken, mindestens bis zum Sommer".

Ich denke dabei an die Abschlussvergütung, eine Renteneinmalzahlung und die fällige Lebensversicherung.

Mein beruflicher Erfolg beruht auch darauf, dass ich einerseits immer ein Visionär bin, aber immer auch mit Augenmaß das Machbare umgesetzt habe.

Du gehst mir den ganzen nächsten Tag nicht aus dem Kopf, der Taumel zwischen Glück und Sorgen macht mich ganz schwindelig. Spätestens morgen Abend werde ich dir eine SMS schicken. Ich denke an deinen Satz „dir geht so viel durch den Kopf..." und möchte antworten „nein nur du".

Der Tag ist hektisch durch Geburtstagsnachfeier mit der Familie, ich ziehe mich mit den Kindern zum Spielen in den Keller zurück. Abends auf der Tanzparty beobachte ich eine schwarzhaarige Frau, die dir sehr ähnliche Gesichtszüge hat.

Ich wache auf mit Tagträumen. Es ist einfach schön, an dich zu denken. Kurz nach dem Frühstück glaube ich das Vibrieren des Handys im Arbeitszimmer zu hören. Und richtig, es ist eine SMS von dir da: „Einen schönen guten Morgen Fred. Ich sende dir einen lieben Gruß von mir zu dir und wünsche einen schönen Tag. Pat".

Sofort schreibe ich eine Antwort:

„Guten Morgen Pat, danke für deinen Gruß, nun bist du mir zuvorgekommen. Ich warte voller Ungeduld und Sehnsucht auf unser nächstes Treffen. Ich wünsche dir auch einen schönen Tag. Bis bald, liebe Grüße, Fred".

Mein Herz hüpft, es ist so wunderbar, dass du an mich gedacht hast, der Tag ist gerettet, die Warterei geht nicht durch ein tiefes Tal, ich bin himmelhoch jauchzend.
Ich zähle die Stunden.

Auch am nächsten Tag, denke ich ständig an dich und zähle die Stunden. Ich trage für die nächsten fünf Monate alle denkbaren Termine mit dir im Kalender ein. Denkst du auch an mich? Wartest du vielleicht auf ein Zeichen von mir. Ich schaue ständig aufs Handy, ob du dich meldest, traue mich aber nicht zum ersten Schritt und plane für spätestens morgen früh eine SMS. Als ich mittags zur Sparkasse fahre, denke ich spontan daran, dass ich in genau 24 Stunden zu dir fahren werde.
Ich schlafe diese Nacht sehr schlecht, bin mindestens alle zwei Stunden wach, die Zeit will nicht vergehen. Welch ein Glück für mich, dass ich immer schnell wieder einschlafen kann, wenn ich will. Gegen früh spiele ich probeweise mit mir und prüfe mein Stehvermögen, es ist respektabel, ich freue mich darüber. Jetzt war ich tatsächlich fünf Tage enthaltsam Die Gedanken an dich haben mich so gefesselt, dass ich gar keine anderen Bedürfnisse hatte. Wann hat es das schon mal gegeben in meinem bisherigen Leben?

Morgens halte ich es nicht länger aus und schicke dir eine SMS: „Guten Morgen Pat. Endlich unser Treff-Tag. Gute Fahrt ohne

Winterwetter. Bis dann am gleichen Ort zur gleichen Zeit. Ich bin ganz aufgeregt vor Freude. LG Fred".

Ich horche natürlich immer wieder in mich hinein, ob die Leidenschaft abklingt. Aber das ist überhaupt nicht der Fall, ich bin von mal zu mal eher aufgeregter.

Immer wieder schaue ich sehnsüchtig nach, ob eine Antwort von dir kommt. Aber nichts rührt sich. Schon beginne ich wieder, mir Sorgen zu machen, ob es dir gut geht oder irgendetwas passiert ist. Ich beruhige mich mit dem Gedanken, dass alles in Ordnung ist und du dich sicher spätestens nach deiner Ankunft melden wirst.

Dann finde ich nach einer Besprechung deine Antwort vor:

„Hallo Fred fahre um 10:30 los und dann werde ich auf dich warten. Freue mich bis später. Lg Pat".

Also alles bestens, Unruhe und Sorge schlagen um in entspannte Ruhe und freudige Aufregung. Ich kann es kaum erwarten bis ich endlich losfahren kann.

Heute gehe ich zum ersten Mal ohne Haarteil hinein. Als ich zur Theke komme, bist du nirgends zu sehen. Es ist allerdings auch 10 Minuten früher als verabredet. Ich setze mich an die Theke und hoffe, dass du gut angekommen bist und falls du auf dem Zimmer bist, dass es nicht zu lange dauern wird. Ich bestelle mir einen Kaffee, da tauchst du schon aus Richtung Eingang auf, hattest also wohl einen Gast.

Dieser Gang, diese Haltung, ich kann den Blick wieder gar nicht von dir lassen. Du holst dir auch einen Kaffee, dann begrüßen wir uns herzlich und setzen uns aufs Polster. Wir fragen uns gegenseitig und reden darüber, wie wir die Tage verbracht haben. Die Kinder haben dir gesagt, dass es nächste Woche am geplanten Tag möglicherweise bei ihrem Vater nicht klappt. Ich hatte mich so auf die „nur" sechs Tage Abstand gefreut. Du willst es morgen klären, du kommst dann möglicherweise zwei Tage später.

Ich erzähle, wie ich versucht habe, meiner Frau einen möglichst schönen Geburtstag zu gestalten mit frühem Heimkommen, Gesprächen und chinesisch Essen gehen. Es gab ein wenig Krach mit ihr am Tag vorher mit ihrem Vorwurf, ich hätte spontane Freizeitnahme angekündigt zum Beispiel für Winterurlaub bei Schnee und nun habe ich doch angeblich immer wichtige Termine.

Ich erkläre dir, dass ich mir schon spontan Zeit nehmen könnte, sonst wäre ich ja auch nicht so oft und früh bei dir, aber ich möchte eben mögliche Termine mit dir auf keinen Fall verpassen. Die Ausrede ist dann eben gegenüber meiner Frau ein geschäftlicher Termin. Aber es wird wohl kein Weg daran vorbeiführen, dass ich im Januar irgendwann mal einen Tag nicht kann, weil ich im Urlaub bin. Du nickst verständnisvoll. Ich würde zu gern wissen, was du wirklich denkst.

Du sprichst über die Altersprobleme deines Autos und die Möglichkeiten einer Finanzierung für ein neues Fahrzeug. Leasing scheint doch zu teuer, also wirst du wohl Ratenzahlung anstreben.

„du fühlst dich wohl ohne Haarteil?"
„ja, ich bin viel entspannter"
Kurz denke ich schon darüber nach, ob die anderen Frauen es überhaupt bemerken. Aber eigentlich ist mir das auch völlig egal. Heute nehmen wir keinen Sekt, sondern entscheiden uns für Cola und Wasser und nehmen die Getränke mit aufs Zimmer.
Wir verbringen drei wunderbare Stunden mit Umarmen, gegenseitigem Streicheln, Kuscheln in allen Lagen, ich darf dich verwöhnen, es ist auch für mich ganz wunderbar. Später verwöhnst du mich, ich brauche zwar lange, muss aber wieder nicht nachhelfen. Immerhin war ich ja auch fünf Tage enthaltsam. Aber richtiges Stehvermögen stellt sich einfach nicht mehr ein, wohl auch durch meine Erwartungshaltung, dass ich es dir doch beweisen möchte.

Immer wieder sind wir auch ganz ruhig und genießen. Dann wieder reden wir auch viel und lange. Zweimal rauchst du eine Zigarette. Heute bist du im Solarium gewesen, um deine Körperbräune wieder aufzufrischen. Ich spreche davon, wie die vorhin ankommenden Mädchen am Empfang auf mich wieder wie Schulmädchen wirkten, und dann geschminkt und gestylt hier drinnen völlig anders und älter wirken.
Ich erzähle wieder viel von meiner Freundin und meinen Kindern. Dir fällt auf, dass ich viel über meinen Sohn spreche.
„ich möchte so gern hier aufhören, schon aus Altersgründen"

„du hast doch immer noch viel mehr Chancen als manches junge Mädchen hier, jedenfalls nach meiner Beobachtung"
„ich habe noch zwei Gäste, die regelmäßig kommen, der vom letzten mal und einen weiteren, der nicht immer kommt. Ich habe mich sehr über meine Freundin geärgert, die mir jetzt Vorwürfe macht, wie ich diesen Job in dem Alter noch machen kann, obwohl sie mich hier her gebracht hat vor erst zweieinhalb Jahren. Sie hat soviel Glück gehabt mit ihrem Freund, aber deshalb muss sie doch nicht so hässlich zu mir sein".
Ich versuche dich zu trösten, nehme deinen Ärger aber ernst. Und immer wieder schwappt die Angst hoch, du könntest aufhören und mir damit verloren gehen, bevor wir eine gemeinsame Lösung für uns gefunden haben. Ich brauche dich so sehr, du darfst mir niemals verloren gehen.
„jetzt habe ich mich für den Audi A3 interessiert, nun will meine Freundin auch einen und bekommt ihn wahrscheinlich auch. Irgendwie ist doch alles Schicksal, wie man sich auch entscheidet, manches kann man nicht verhindern und die einen haben Glück und die anderen eben nicht. Man sollte nicht soviel vorausplanen, es kommt doch meistens ganz anders"
„wir sollten einfach jeden Moment genießen wie er kommt, keiner weiß, was das Leben noch bringt. Ich genieße es, hier mit dir glücklich zu sein, ich mag gar nicht an die Zukunft denken. Ich habe dich sehr, sehr gern"

Dann nehme ich dich fest in den Arm. Du erwiderst den zärtlichen Umarmungsdruck. Ich bin in diesem Moment wirklich unendlich glücklich, aber auch traurig, dass es wohl nicht immer so weitergehen wird.

„Ich hoffe nur, dass du keine Probleme damit hast, dass ich so oft und so lange zu dir komme, du meiner überdrüssig wirst"

„das würde ich dir dann schon sagen. Es ist sehr schön mit dir, es gibt eben auch immer mal wieder sehr unerfreuliche Begegnungen"

Dann spreche ich davon, dass ich mich finanziell wohl spätestens im neuen Jahr etwas einschränken muss bis Abschlussvergütung, Renteneinmalzahlung und Lebensversicherung rollen. Diese Geldankündigung scheint dich schon zu interessieren und ich will einfach glauben, dass es dir nicht nur um die Einnahmequelle geht, sondern dass du mich ansonsten auch echt vermissen würdest. Vielleicht hast du schon befürchtet, dass ich irgendwann ganz wegbleiben muss und bist erleichtert, dass ich nur von Einschränkungen spreche. Jedenfalls nickst du verständnisvoll, du hast offenbar gar nichts anderes erwartet. Es war dir offenbar völlig klar, dass das nicht immer so weitergehen kann.

Wenn du aufstehst und unsere Getränke holst oder kurz raus gehst, dann schaue ich dir sehnsüchtig zu, wie wunderbar du dich bewegst, wie wunderschön du bist. Ich versuche, dich anzustrahlen und dir aufs wiederholte Mal zu sagen, wie wunderschön du für mich bist. Du hast heute wieder sehr kalte Füße. Ich wärme sie durch Halten und Reiben und habe auch ein bisschen Erfolg damit.

„Wenn irgendetwas passiert, wenn ich mir nur ein Bein breche, habe ich kein Einkommen mehr"

„Ich möchte schon sehr gern für dich sorgen, weiß aber nicht wie, und wahrscheinlich möchtest du das gar nicht"

„nein, das möchte ich nicht"

Du tust mir so entsetzlich leid.

„ich habe meine Freundin immer gefördert, sie beraten, aber sie konnte auch alles, was ich ihr zugetraut habe. Ich habe ihr aber auch viel zu verdanken, sie hat mich aus einem Loch geholt mit ihrem ‚warum, wozu, sei nicht so verbohrt'. Ich konnte beruflich kurz vor einem Absturz wieder durchstarten. Wir haben uns immer gegenseitig beraten. Wir haben uns oft geneckt damit, dass sie keine typische Frau und ich kein typischer Mann sei, und dann auch wieder mit dem gegenseitigen Vorwurf typisch Mann, typisch Frau"

„ich rede zu viel über meine Freundin"

„nein, ich frage doch".

Es scheint dich schon zu interessieren, wie die Beziehung zwischen meiner Freundin und mir abläuft. Ich versuche trotzdem, dich wieder mehr in den Mittelpunkt zu stellen.

„es war in meinem ganzen Leben noch mit keiner Frau so schön wie mit dir, insbesondere die körperliche Nähe und Vertrautheit habe ich so lange so sehr vermisst"

Ich erzähle dir von dem Ferienstudentenpaar, das bei mir gearbeitet hat als ich erst kurz verheiratet war, von meiner Enttäuschung, dass sie einen Freund hatte, und der deshalb dann aus der Not geborenen Freundschaft zu Viert. Du lächelst, wohl weil ich schon wieder eine Frauenbekanntschaft aus dem Ärmel ziehe.

„irgendwie war ich wohl doch ein ganz Schlimmer, aber gerade diese Begegnung war eigentlich ein früher Hinweis, dass meine Ehe eine Fehlentscheidung war"

Ich bestätige dir, dass ich meine Frau natürlich schon geliebt habe, sonst hätte ich sie nicht geheiratet, und ich immer wieder den Rückschwung gemacht habe mit Kindern, Hausbau und Tanzkursen.

„auch wenn es da immer mal wieder eine Verliebtheit in andere gab, war ich doch eigentlich immer ein ganz braver"

„ja das stimmt".

Wir sind wieder eine zeitlang still, beide in Gedanken versunken. Wenn ich deine Gedanken doch kennen würde. Offenbar denkst du gerade über meine Geschäftsideen nach.

„Ich darf nie prominent werden, denn dann wird mich jemand wieder erkennen und das öffentlich machen"

Ich versuche abzuwiegeln, muss aber zugeben, dass das sein kann. Aber ich habe auch immer für mich mit so etwas gerechnet. Außerdem meint mein Sohn sowieso, dass wir beschattet werden und ich habe auch immer mal wieder überlegt, ob meine Frau mir vielleicht mal nachspionieren wird.

Dann erzähle ich dir von meiner Grundeinstellung, bei entsprechenden Fragen oder Behauptungen grundsätzlich weder abzustreiten noch zu bestätigen. Ich würde Fragen nach falschen

Zähnen, BH, kosmetischen Operationen, Haarteil oder sexuellem Verhalten als nicht angebracht zurückweisen, allein um andere Schwache zu schützen.

Du hast nach wie vor große Angst, dass jemand aus der Familie deines Ex dir doch mal folgt oder folgen lässt und herausbekommt, wo du arbeitest. Würdest du nur hinter der Theke arbeiten, hättest du damit kein Problem, aber ansonsten schon. Ich versuche dich zu beruhigen.

Ich schildere dir meine Überlegung, dass die „regelmäßigen" Termine an beliebigen Werktagen sehr wohl ein Grund sein könnten, schwer eine Tätigkeit zu finden und damit ein entfernter Ort sehr glaubwürdig sein kann, ein glücklicher Zufall eben.

Du stellst im Laufe der Gespräche fest, dass ich offenbar sehr stolz auf meinen Sohn bin. Letztlich bin ich auch auf meine Tochter stolz, wie sie ihr Leben regelt. Ich gebe aber zu, dass die Beziehung zu meinem Sohn jetzt enger ist. Als Kleinkinder war es mit beiden eher umgekehrt. Du fragst, ob ich einen Enkel lieber mag. Ich verneine. Sie sind unvergleichbar verschieden, aber jeder auf seine Art gleich liebenswert genau wie meine Kinder. Du meinst, dass deine Kinder auch sehr verschieden sind, deine Tochter gerade eher problematisch ist, du aber keines von beiden missen möchtest.

„Vermissen sich deine Kinder, wenn eines ein paar Tage weg ist?"

„Meine Tochter krabbelt jede Nacht zu ihrem Bruder ins Bett, das wird ihr fehlen. Die beiden mögen sich schon sehr gern"

„kommt Sie dann zu dir?".

„mein Bett ist zu eng, ich mag es nicht so eng, ich muss mich bewegen können beim Schlafen. Aber es könnte natürlich mal sein".
Du bestätigst wieder, dass du dich sehr auf die Gospels freust. Du hast dir noch kein Navi gekauft, weil du das Geld dafür spontan für Möbel ausgegeben hast. Du beschreibst voller Begeisterung die Möbel aus dunklem Holz. Ich kann dir leider in meiner Bauchlage während du auf mir sitzt nicht in die Augen schauen. Wir setzen uns nebeneinander und du beschreibst mir die Möbel genauer.

Dann meinst du, ich hätte kleine Füße und bist über Schuhgröße 42 erstaunt. Auf meine Gegenfrage erfahre ich, dass du Größe 38 hast, was dir bei deiner Körpergröße zu groß erscheint. Aber ich finde deine Füße zierlich und wunderhübsch, wie alles an dir.
Ich sage, dass ich dir die Rosenstolz-CD kopiert habe, und frage, ob du auch an Katie Melua interessiert bist. Du hast CDs von ihr, aber wenn ich die neue hätte, würdest du die auch gern nehmen. Ich muss erst nach dem Titel schauen. Ich spreche davon, dass mir mein Sohn fast alle Musiktitel beschaffen kann, weil er tausende von Schallplatten und CDs besitzt.
Viel zu schnell sind die drei Stunden wieder rum. Dir ist es wieder mal peinlich, das Geld anzunehmen. Ich gebe ein kleines Extra nachträglich für letzte Woche im Haus nebenan.
Dann gehen wir gemeinsam Essen, du holst Getränke und schlägst mir O-Saft vor, was ich gern annehme.

Beim Essen frage ich dich, ob ich einen Extra-Vorschuss in die Geschäftsidee einbringen soll. Sehr spontan meinst du dann, dass dir eine Unterstützung zur Autofinanzierung vielleicht doch lieber wäre. Plötzlich nimmst du es also doch an, ich bin überrascht aber doch erfreut, wieder ein kleiner Schritt.

Mein kleines Teufelchen flüstert „dann hat sie das Geld sicher, auch wenn plötzlich Schluss ist. Bei der Anlage kommt sie nur ran, wenn sie nicht Schluss macht". Ich will nicht glauben, dass es so kommen könnte, ich freue mich einfach, dass du doch etwas von mir annimmst.

„bei Ratenzahlung brauchst du aber wohl doch einen Bürgen. Ich würde es gern machen, aber es geht nicht, weil dann Post dazu ins Haus käme, ich es also nicht verbergen könnte"

„ich werde meine Schwester fragen".

Heute sind viele Mädchen da, eine große Auswahl bei geringer Nachfrage. Aber du bist die Schönste, es gibt da gar keinen Zweifel. Dann begleitest du mich eingehakt nach unten, damit ich dir die Kopien der Rosenstolz-CDs geben kann. Du willst sie gleich auf der Heimfahrt anhören.

Nach meinem Gefühl wartet heute kein Gast auf dich, das bestätigst du mir.

Dann müssen wir mit einer letzten Umarmung für heute Abschied nehmen. Du versprichst mir wieder, deine Heimkunft zu melden.

Mir ist es im Laufe des weiteren Abends noch nie so nahe gegangen wie heute, dass du ja noch dort bist, auf Gäste wartest, auf die ich eifersüchtig bin, und ich bin daheim statt bei dir. Meine Gefühle schwingen zwischen Glück (deine spürbare Zuneigung und die Zeit, die du dir für mich nimmst) und Trauer (mögliches Aufhören deinerseits, die Ablehnung dich versorgen zu dürfen).

Was würde meine Freundin sagen, wenn sie von meiner Lage wüsste. Einmal sicher „Männer sind Schafe". Aus ihrer sachlichen Sicht ist dies hier sicher alles völlig verrückt, besonders ich. Aber ich will aus diesem Glück gar nicht herausgerissen werden und ich will einfach glauben, was ich spüre, dass es nämlich noch lange anhält.

Um 1:30 schaue ich aufs Handy, leider ist noch keine SMS von dir da. Ich kann nicht schlafen und schaue um 2:10 noch mal nach, jetzt ist deine SMS da von 1:36: „Hallo lieber Fred bin gelandet. Schlaf schön bis bald Pat". Dann war es vorhin doch Gedankenübertragung. Danach schlafe ich wunderbar.

Am nächsten Morgen meine Antwort: „Guten Morgen Pat, das ist lieb, danke. Danach habe ich dann gut geschlafen. Du hoffentlich auch und bist rechtzeitig wach geworden, deinen Sohn zum Ausflug zu bringen. Einen schönen Tag, ganz liebe Grüße, Fred". Nach wenigen Minuten kommt eine Antwort von dir: „Fahre gerade wieder nach Hause. Ist alles schon ein komisches Gefühl. Aber er kommt ja wieder. Wünsche dir einen schönen Tag. Lg Pat".

Ich bin so glücklich, weil du „lieber" Fred geschrieben hast und weil du eben noch mal geantwortet hast.
Mir ist heute schwindelig vor Sehnsucht. Am Tag danach ist es immer besonders schlimm. Ganz besonders heute Nachmittag wird die Sehnsucht unerträglich, ich könnte heulen. Meine Kollegin macht Andeutungen, dass ich kaum noch meine Arbeit in notwendigem Umfang mache. Wie auch, wenn ich Tagträume habe und an meinen Notizen schreibe.
Abends auf der Fahrt zu meiner Tochter überkommt mich plötzlich die Erinnerung, dass wir gestern genau um diese Zeit zusammen beim Essen saßen. Meine Augen werden feucht, aber ich muss das Weinen unterdrücken, weil meine Frau neben mir im Auto sitzt. Vier Stunden später gehe ich schlafen und lasse den heftigen Tränen freien Lauf.

Am nächsten Tag bin ich wie immer vom Aufstehen an in Gedanken bei dir, unter der Dusche träume ich, gleich danach in deinen Armen zu liegen. Heute erfasst mich wieder mal eine große Unruhe, der Übergang von Abschied zur Vorfreude. Ich hoffe, dass du dich heute mal meldest wegen der Terminplanung nächste Woche. Am liebsten würde ich dich anrufen. Mein Kopf quillt über von Fragen und Themen, die ich mit dir besprechen möchte und der Angst, dass ich vieles in dem jeweils nur wenige Stunden dauernden Zusammensein dann vergesse anzusprechen. Heute Nachmittag werde ich

Schokolade für dich kaufen und doch mal nach einem kleinen Schmuckstück schauen.

Immer wieder greife ich nach deinem Handy. Einerseits warte ich sehnsüchtig auf eine Nachricht von dir, andererseits möchte ich mich so gern bei dir melden, am liebsten direkt anrufen. Aber immer wieder zögere ich, ich möchte dich nicht belästigen. Spätestens Morgen werde ich mal anrufen, ich muss es einfach mal tun. Ich werde innerlich hin und her geschleudert in meinem Wankelmut zwischen drängender Sehnsucht, mit dir Kontakt aufzunehmen, und der Angst, dich durch zu drängende Nähe eher abzustoßen. Ich liebe dich wie verrückt, ich brauche dich, aber ich will dir auf keinen Fall ein Problem sein oder dir Probleme bereiten.

Es ist schier unerträglich, ich könnte heulen, ich kann mich nicht auf meine Arbeit konzentrieren. Immer wieder kommen die Zweifel, ob du dich über mein Melden freuen würdest, überhaupt an mich denkst. Dann bin ich mir wieder sicher, dass du dich auch ein wenig nach mir sehnst. Mit einer SMS von dir wären wieder alle dunklen Wolken verflogen. Soll ich jetzt anrufen, soll ich nicht? Mir ist wieder ganz schwindelig vom ständigen Schwanken zwischen Zaudern und Sehnsucht, ich spüre jeden Herzschlag.

Dann, als ich gerade essen gehen will, höre ich den Ping von deinem Handy, die ersehnte SMS von dir, mein Herz rast:

„Hallo Fred bin nächste Woche am üblichen Tag im Club und am folgenden Tag im Haus drüben. Ich wünsche dir einen angenehmen Tag. Ganz ganz Lg Pat".

Nach dem Essen antworte ich:

„Liebe Pat, danke für deine Nachricht. Ich werde an beiden Tagen kommen, schon im Kalender. Mit einem Lebenszeichen von dir ist es ein sehr schöner Tag. Ganz ganz lg, Fred".

Alle dunklen Wolken sind weg, alles in mir jubelt. Besser arbeiten kann ich aber deshalb noch lange nicht. Mit dem Nachlassen der Anspannung vom Vormittag überfällt mich eine bleierne Müdigkeit. Jetzt möchte ich schlafen gehen, habe aber noch so viel zu erledigen heute.

Morgen Vormittag werde ich versuchen, dich anzurufen.

Nachmittags bin ich in der Innenstadt, habe aber weder Erfolg bei der Suche nach passender Schokolade für dich noch wegen eines Schmuckladens. Ich bin dann bei meiner Freundin wegen einer Geschäftsbesprechung.

Später daheim höre ich gegen halb Zehn dein Handy:

„Hallo Fred bekomme leider keinen Platz am Folgetag sind schon so viele Damen da. Sehr schade. Schlafe gut. Lg Pat".

Ich bin sehr, sehr traurig darüber, ich hatte mich schon so gefreut auf das zweite Zusammensein nächste Woche.

Ich antworte sofort:

„Hallo Pat, das trifft mich auch hart, aber schlafe bitte trotzdem auch gut. Darf ich dich morgen Vormittag mal anrufen? Ich umarme dich lg Fred".

Kurz darauf antwortest du:

„ Ja kannst du gerne tun. Drücke dich. Gute Nacht".

Am nächsten Tag nach dem Schwimmen, Frühstücken und Plaudern mit meiner Freundin kann ich es kaum erwarten, dich anzurufen. Zwei Versuche aus dem Auto sind erfolglos, möglicherweise bist du im Bad. Kurz darauf kommt eine SMS von dir:
„Guten morgen Fred, war in der Wanne föne noch meine Haare dann klingle ich dich an. Bis gleich".
Ich warte auf dem Parkplatz im Auto und kurz nach 10 Uhr rufst du an. Ich bin selig, deine Stimme zu hören.
Du klingst so lieb und vertraut und vertrauensvoll.
Unser erstes Telefonat!
Du hast sehr schlecht geschlafen.
Wir bedauern noch mal beide, dass es mit dem Termin nächste Woche nicht klappt. Dann mache ich meinen Vorschlag, mal vormittags zu dir zu kommen oder an dem Tag zusammen im Hotel zu übernachten. Du gehst fast ohne Zögern darauf ein, ich habe den Eindruck, du freust dich über das Angebot, hast aber Zweifel, ob es wahr werden kann. Du schlägst alternativ eine Übernachtung hier vor. Das scheint mir für dich unpraktischer, aber warum sonst nicht? Wir wollen beide darüber nachdenken, auch wegen der Hotelwahl und -planung und uns dann wieder abstimmen.
„auch wenn du das jetzt vielleicht nicht glaubst, aber ich habe überhaupt keine Erfahrung damit"
Ich bin dann sehr unsicher, ob du meine Anspielung auf den Stundensatz, damit ich mir 12 Stunden mit dir leisten kann, wirklich

auch als kleines Necken und nicht falsch verstehst und dann deshalb ein solches Treffen nun vielleicht nicht mehr möchtest. Ich hätte das nicht am Telefon sagen sollen, sondern wenn wir uns anschauen können. Ich wäre überglücklich, wenn es zustande käme.

Warum freue ich mich nicht einfach nur auf das nächste Treffen und lasse es gut sein, warum halse ich mir Probleme auf, zusätzlich, mit vielen wackeligen Ausreden daheim, ein weiteres Treffen mit dir zu organisieren? Ich liebe dich, ich liebe dich, ich liebe dich.

Es ist ein wunderbares Gefühl, darüber nachzudenken, es zu träumen, mit dir eine ganze Nacht zu verbringen, nach dem Streicheln und Kuscheln gemeinsam einschlafen zu können und am nächsten Morgen nebeneinander aufzuwachen. Und außer dieser Sehnsucht trägt mich die große Hoffnung, dass wir das mal wiederholen oder wirklich mal ein paar Tage zusammen wegfahren können. Ich bin so grenzenlos glücklich, dass du nicht sofort abgelehnt hast und lasse keine Sorge zu, dass du vielleicht doch noch nein sagst.

Um meine Sehnsucht und Vorfreude zum Ausdruck zu bringen, schicke ich dir mittags noch eine SMS:

„Liebe Pat, es ist wunderschön, mit dir zu sprechen. Ich würde mich sehr freuen, wenn wir nächste Woche etwas miteinander zustande bringen. Du darfst dich jederzeit melden. Sehr schönen Tag und Abend, angenehmes WE, gg Lg Fred".

Jetzt begleitet mich wieder eine innere Unruhe ins Wochenende, wie sich die nächste Woche mit dir gestalten wird. Mindestens der normale Trefftag ist schon mal klar, und bis dahin ist heute Nacht Halbzeit und vielleicht oder eher wahrscheinlich werden wir vorher noch miteinander telefonieren.

Ich bin nachmittags so unruhig aus Angst, dass ich dich mit meiner Bemerkung zur Bezahlung sehr getroffen haben könnte. Warum habe ich nicht den Mund gehalten, warum wollte ich unbedingt so unpassend was Scherzhaftes sagen, was gar nicht wirklich lustig war. Ich bin verzweifelt, ich werde mich erst wieder beruhigen können, wenn ich ein positives Zeichen von dir bekomme. Aber das wird sicher frühestens Morgen sein. Spätestens morgen Mittag werde ich dir eine SMS schicken, ich muss ein Zeichen, eine Reaktion von dir haben, sonst drehe ich durch. Sollte ich wirklich etwas beschädigt haben zwischen uns, wird es mir dann gelingen, es wieder zu reparieren? Wirst du mir überhaupt zuhören wollen, wirst du mich noch an dich heranlassen. Ich bin völlig fertig, ich könnte heulen.

Am späteren Abend beim Tanzkreis bin ich mir plötzlich wieder ganz sicher, dass ich nur Gespenster sehe und mit uns alles ganz normal weiter geht. Ich sehne wie immer die Nacht herbei, damit die Zeit schneller vergeht. Ich weine mich in den Schlaf.

Morgens ist beim Aufwachen wieder die Angst da, du könntest dich zurückziehen. Wieder fließen die Tränen sehr heftig. Wenn du dich entschließen kannst, die Nacht mit mir zu verbringen, dann werde ich dir natürlich Geld anbieten, wenn nicht als Bezahlung, dann als Dank für dein Vertrauen und deine Zuneigung und natürlich auch mindestens als deinen Verdienstausfall an diesem Tag. Es wäre natürlich am schönsten, wenn du dich in erster Linie aus Zuneigung zu mir extern mit mir triffst.

Ich kann es gar nicht erwarten, dir eine SMS zu schicken. Ich bin voller Angst und Hoffnung auf deine Antwort.

Um halb Zehn schreibe ich dir:

„Guten Morgen Pat, geht es dir gut? Hast du heute besser geschlafen? Ich bin so unruhig, ich sehne mich so sehr nach dir. Ich umarme dich ganz fest. Ganz Lg Fred".

Ich nehme dein Handy mit in den Keller und um 10 Uhr kommt deine ersehnte Antwort:

„Guten morgen Fred. Das Konzert war gestern sehr schön. Ja ich habe gut geschlafen hoffe du auch? Ich wünsche dir einen schönen Tag trotz diesem Wetter. Drücke dich. Lg Pat".

Ich könnte in den Himmel springen, du hast so schnell geantwortet und ganz unbefangen und lieb wie immer, es ist also alles in Ordnung. Jetzt komme ich wieder in ruhiges Wasser, kann klarer denken, bin aber voller Spannung, ob du auf meinen Übernachtungs-Vorschlag eingehen wirst. Aber alle Gedanken sind positiv gestimmt. Die „doch alles so sinnlos" Stimmung ist verflogen. Ich bin auch wieder in der Lage, die Tage und Stunden zu zählen, die zweite Halbzeit läuft seit heute Morgen.

In drei Tagen ist wieder Treff-Tag. Auf dem Ball abends verfliegt einerseits die Zeit, andererseits träume ich davon, in Zukunft mit dir tanzen zu können. In dieser Nacht schlafe ich gut und lang.

Bisher bereits erschienen

***Unerhoffte Wendungen Teil 1** -* Verliebt?

Der Autor ist ein in Süddeutschland lebender freiberuflicher Informatiker und Mathematiker, der sich mit Ökobilanzen und nachhaltigem Umgang mit der Umwelt befasst.

Er hat sich auf das Schreiben von fiktiven Biografien spezialisiert.

Es gibt keine Verbindungen zu seinem eigenen Leben und er hat auch keine Nachforschungen echter Ereignisse durchgeführt, alles ist reine Fantasie.

Übereinstimmungen von Personen und Orten mit tatsächlich existierenden Personen und Orten sind rein zufällig.

Links und Kontakt zum Autor:

www.neiiiin.de

www.greatgreen.de

eMail: peter.dannig@greatgreen.de

facebook: peter.dannig